青山江水清义甜

刘益丁 著

团结出版社

图书在版编目（CIP）数据

青山江水清又甜 / 刘益丁著 . -- 北京 ：团结出版社，2023.12

（且持梦笔书其景 / 林目清主编）

ISBN 978-7-5234-0762-2

Ⅰ．①青… Ⅱ．①刘… Ⅲ．①散文集－中国－当代 Ⅳ．① I267

中国国家版本馆 CIP 数据核字（2024）第 002667 号

出　　版	团结出版社	
	（北京市东城区东皇城根南街84号　邮编：100006）	
电　　话	（010）65228880　65244790	
网　　址	http://www.tjpress.com	
E-mail	65244790@163.com	
经　　销	全国新华书店	
印　　刷	成都市兴雅致印务有限责任公司	
开　　本	145mm×210mm　　1/32	
印　　张	68	
字　　数	1700千字	
版　　次	2024年4月第1版	
印　　次	2024年4月第1次印刷	
书　　号	978-7-5234-0762-2	
定　　价	398.00元（全9册）	

绿水青山满眼春色 (自序)

绿水青山，沃野千里，五谷丰登。洞口县石柱镇青山村像雪峰山脚下一朵吐蕾绽放的现代化农业之花。一条条村道宽阔平坦，路到田边，水进田垄，一幅绿色生态高标准农田新画卷展现眼前。小桥流水，鸟鸣婉转，江水泠泠，鱼翼划动，古樟生香白鹭飞，梯田方田渠相连，沃野田畴绘新景，绿色的庄稼望不到边，农家炊烟腊肉香，青界旅游风景美。

抬眼，丘陵起伏，低头，庄稼富庶。石柱镇青山村盛产香米、雪峰蜜橘、雪峰云雾茶、罗汉果、农家腊肉，五谷饲养的鸡鸭鹅成群。这里是古今交通要塞，是石柱、山门、醪田，三镇门户。路相通，这里车水马龙，村村通了公交车。灯如画，人来人往，形成了以栏木、樟木为中心的青山村商业街。超市、五金、家私、瓷砖、美容美发店，汽车维修、村卫生室、樟木小学都在这里聚集扎根。

1

山水田园，如诗如画。青山村景美，是我写作散文的园地；青山村人美，是我吟唱诗歌的高地。如散文《白鹭栖息的故乡》《锦绣青山翔金蟒》在《湖南散文》的百花园吐艳喷香；散文《青山江水清又甜》《大美青山》《八寨漕水》《蔡山江畔芙蓉开》《黄双古樟香》等，在《邵阳晚报》神滩晚读的园地，让很多读者读得津津有味。

走进青山，一路风光惹人喜爱。在奇峰峥嵘的雪峰山脉之中有一座高峰，名叫青山。绵延的原始森林，流水潺潺，鸟语花香，云雾缭绕，怪石嶙峋，岩洞神秘，奇花异草繁多。青山巍峨，从山脚到青界的古石级，一步一步往前走像登天梯。青界蜿蜒如龙，龙头昂首向北，经七岭八寨，与白马山相连；龙尾绵延桐山、大屋、岩山、月溪、罗溪、高登山。俯首向东，山泉水汇成青山江，远看像一条缥缈的白带，经太和、中家、石桥，缓缓隐没在丘陵之间，一条条溪流汇入青山江，在柳江和樟木壮阔。像一条游动的上古巨龙，在田野穿行，春夏江水奔腾汹涌，两岸稻田碧绿，绿风起伏，远山近树，多姿多彩。先流入黄泥江，再流入石江，奔向大河大海。青山风景秀丽，人行其间似仙境。日出时分，泉水清澈，野果喷香，各种鸟类觅食山谷，或鸣或翔。林间深处，香樟、柞树、银杏、雪松、枫树、楠木、栗树、合欢树、野山桃等超过了500种。

从洞口县高铁站的和谐号下车，转乘石柱镇的公交车，前行30分钟，初见石柱镇，像雪峰山脉脚下一匹奔驰的骏马。一条条宽阔的公路，石柱人民用智慧走出了小康生活；

一条江，叫蔡山江，是石柱人民的母亲河，从美丽富饶的村庄弯弯曲曲流过……

纪实文《死刑犯诗人的生活和爱情》发表在《江门文艺》2007年10月总第404期第28—31页，本文新标题《从死刑犯到诗人》发表在西域绿洲丛书《太阳无声》上册第38至43页，《从死刑犯到优秀诗人》发表在《职工法律天地》，是一篇青少年必读的佳作。在死刑缓期二年执行的血光惊雷里，他被"法"送进了监狱，写作的道路，是他从地狱的进出口走向新生活的通道。在塔克拉玛干沙漠边缘的巴楚县，有一条千古流芳的叶尔羌河，潆洄流过古老的尉头国，在这片诞生希望的热土之上，有一座塑造灵魂，引领新生的监狱，就是涅槃再生的摇篮。大漠、戈壁、囚犯，给人们留下无言的艰难！大漠风沙，风月沧桑，一个曾经堕落的灵魂被一群监狱人民警察唤醒，沿着人拉犁铧的图腾和"绿洲人"永恒的意志，沿着意象里摇动的骆铃和警徽照耀的方向，寻找美、认识美、表现美，是一个囚子对改造人生最深刻的思考和感悟。15年的监狱生活是一次严峻的考验，在风雨中前进，在前进中思索，在思索中新生，创造了生命的奇迹，他把改造生活中的众多感受和材料提炼成诗歌和文学作品。有人说，他的灵魂得到了提前新生，陶冶了雪山般冷静的性格，在改造生活中不断超越理想，从新生中不断感悟人生哲理，是囚子盼望新生最真最美的语言。《死刑犯诗人的生活和爱情》《名誉权风波和玫瑰之约》读之使人耳目一新，感悟另一种人生之美。

一个囚犯的命运与众不同，一个囚犯的爱情让读者赏心悦目。独特的故事情节，深刻的哲理，引人入胜，引人深省，感受作者笔下的炼狱人生沉浮录，如诗如画，栩栩如生。《死刑犯诗人的生活和爱情》以独特的故事情节，感人的语言，深刻的哲理，青少年读后，有警醒、启发、教育意义。

我把多年以来发表在各类书报上的 500 多篇文学作品中的精品，著成了刘益丁文集《青山江水清又甜》，汇集了悠悠乡愁，联结了浓浓乡情，是游子魂牵梦萦的精神家园。

目 录

美丽石柱我的家

心窝上的花朵

美丽石柱我的家

锦绣青山翔金蟒

石柱镇位于洞口县东北部，雪峰山东麓，在奇峰峥嵘的雪峰山脉之中有一座高峰名叫青山，绵延 10 里的原始森林，千年古树群和百年古树群，品种繁多，数量万株以上，枝繁叶茂，虬曲苍劲。远看，山顶直插云天，与蓝天相连，云雾缭绕，传说是神仙出没的地方；山间，青山伴流水，韵味隽永，流水绕青山，旋律典雅；中峰，古树林、枫叶林、翠竹林、柞树林、灌木林，相映成趣，葱郁的林海之中隐藏着一个神秘的金蟒池。

古语云："山不在高有仙则灵，水不在深有龙则灵。"青山脚下的村庄因此取名青山村。

从青山村太和组的一条毛土路往前走，走进青山，就走进了雪峰山脉的腹地。

青山之中有一条石板路，宽 2 米。左边有一支溪流，水清甘甜，顺着水流往前走 600 米，眼前开朗，有一个 10

米见方的水池，水源来自山顶，千年不断，池水碧绿深不见底；池边水草、苔藓、刺梅、火棘、月季、映山红、苦竹簇拥丛生，爬行的螃蟹到处可见；上流有一岩洞，宽2米有余，漆黑深不见尾，一群螃蟹竖钳徘徊，好像在守护着什么似的？水池开口与溪水下流相连，蜿蜒回肠，忽高忽低，潺潺悦耳，开口左边一块3米高的椭圆形橘黄大石站立水中，石上3个狂草大字非常醒目，"金蟒池"。传说唐代李白云游至此，听了引路樵夫怀子成讲完金蟒修炼成仙的故事，提笔在此石上狂草"金蟒池"3个字。后来，樵夫领当地石匠雕刻而成，生成了青山中的一块名石，增加了金蟒池的神秘色彩，引来了千千万万的游客，也许他们正在寻找金蟒修炼成仙的足迹；瞻仰的人们络绎不绝，也许他们正在寻找金蟒延长寿命的魔法！

金蟒池左右两边有8株百年沧桑的柞树，守护着金蟒池的神秘。柞树又称栎树或橡树，高20余米。远看，树干奇特苍劲，树形优美多姿，神韵独具。近看，柞树外皮粗糙，或黑色，或灰褐色，叶绿色，叶缘有锯齿，叶片在秋季落叶前呈红褐色，当地人俗称"两生叶"，十分美观。8株古柞树后面还有一片柞树林，生长迅速，像拥护着它们的大王，簇簇拥拥，萌发力强。柞树的果实叫浆栎果，俗称橡子，形似蚕茧，又称栗茧。唐代张籍有诗云："岁暮锄犁倚空室，呼儿登山收橡实。"橡子含淀粉较多，可用来制作橡酒、酒精、淀粉、橡油等。而我与柞树相邻则不同，童年的时候，我捡到熟透落地的橡子，拿几粒埋在灶火灰里，等待橡子被火烤熟后，只听见"嘭"的一声，橡子外壳炸开，轻松把皮剥开，把橡子仁放进嘴里，香喷喷的，味道美极了。

传说青山中隐藏着两条蛇精，一善一恶，善者飞升仙界，恶者雷火惩戒，使美丽青山更加神秘。

一条金蟒，有水桶粗，重约1吨，一身金鳞像黄金一样金光闪烁。每年青山起雾的第一天，金蟒必须吸收天地之灵气，借青山高峰潜心修炼，借雾气隐身，乘雾驾云，飞翔东方，吞噬红日，全身金鳞历经天火煅烧，火一样红。远看，像火烧青山；近看，像火烧雾霾，景色壮观。金蟒吐日，雾散云祥，红日四周的红霞，是金蟒吐日喷射的血液，染红了天空。金蟒吐日后，必躺卧金蟒池中，经山泉水浸淫洗浴一天一夜，才不得烧伤五脏六腑，将天火焚烧之毒在蟒血中往复循环，又经每个金鳞小孔排出体外，与山泉水融合，慢慢淡化天火之毒。因此，青山起雾的第一天，早晨的山泉水是红色的。金蟒经山泉水洗浴排毒后，隐藏在岩洞内，潜心修炼，第二年5月才出洞见光。金蟒历经几百年天火煅烧，使金鳞百毒刀枪不入。由此，每年青山起雾的第一天，日出比平时要晚一个时辰。

每当月朗风清的午夜，金蟒在溪水里游玩，金光闪烁，像佛光普照。你仔细聆听，林中传来"咕咕咕"的鸣叫，这是金蟒向人们和动物发出警告："我来了，赶紧躲开！"金蟒借青山之灵气，潜心修炼，从不伤人。

青山脚下有一户人家姓刘，其中有一个称"四叔"的老人，是青山的护林工。那一夜，月光皎洁，鸟儿动物早已安眠。午夜，青山里传来斧头砍树般的声音，四叔赶紧穿好衣服。心想，难道今夜有贼偷树？开门后，急忙往青山走，心里却忐忑不安，好像有什么事要发生似的。突然，四叔发现溪水拐弯处金光耀眼，还有猛兽喘息的声音。四叔壮胆走近一看，一条金蟒卧睡在金蟒池中，头上长两只角，金光耀眼，身上鳞片有小儿手板大，蛇体大部分和尾巴隐藏在岩洞内，却不知道有多长，只见岩洞四周珠光宝气，金碧辉煌，仿佛雪峰日出。四叔害怕了，用手挡住鼻嘴呼吸，脚步轻轻，惊心动魄地往回走。从此，四叔再也不敢夜走青山了！

久住青山脚下的老人们流传着一个故事，青山村樟木小学后面的橘子山上有一座古庙，门朝东方，俯瞰青山江、柳江。古庙不大，坐落在山顶，四面枞树围绕，鸟儿自由飞翔，野兔安居其间。庙里有一座雕像尊为尹方道人，几百年香火绵延不绝，佑护着一方淳朴的人们。从万里组入口有一条土路直通橘子山顶，山不高，路却陡，虔诚的老人们带着祭品和香火，常来庙里烧香膜拜祈福，一个个脚步就是一次次禅化，保佑青山村风调雨顺，五谷丰登，子孙平安！从橘子山顶传来的祷语，当地人们称为佛音！据老人们传说：几百年前，尹方道人和金蟒一起在天庭如来佛门下修炼，金蟒又是尹方道人天上人间往来的坐骑，后来，双修终成正果，飞升仙界，增添了许多神秘色彩。

金蟒池之上是一片枫叶林，这是青山的中峰，百亩有余，呈梯形分布。有百年老枫树，有生长 20 年、10 年、5 年等不同年龄的枫树，长势旺盛；有每年春天冲破土壤发芽吐绿的一株株小幼苗，蓬勃生长。每年深秋，火红的枫叶林染红了青山，景色壮观，远看似火烧云，近看像马良神笔下的彩画。火红的枫叶林把青山分成三级大台阶，被当地人比作登天梯。入冬的晨雾，模糊了青山的雄伟，闭上眼帘，可以听到好听的鸟叫，走兽低吟，牧童的竹笛和谐了溪水潺潺。当晨雾随着阳光慢慢隐归，枝叶上的露珠璀璨夺目，珠光宝气，像银河闪耀，这时候的青山最美，此时游客行走其间，仿佛走进仙境。太阳升高，雾散，露珠洒落，滋润了土壤。站在高处瞭望，白云朵朵，晴空万里，山路弯弯，连接村庄，果园、梯田、小溪、丘陵，错落有致，让人心旷神怡！啊，美丽的枫叶林，您用金色的叶子生成青山一道最美的风景，定格了我在异乡最美的回忆，当北风吹落你燃烧的欲望，一场冬雪洗涤了您的风月沧桑，你挺拔的傲骨，延伸生命，舒展美丽，春风中，您吐芽放绿，心生自豪，演绎了一首璀璨诗篇，您被青山人们称为最美的树！

沿着枫叶林往上走，青山顶部右侧有一陡崖，灌木丛生，岩壁上有一个洗澡盆大的黑洞，透着阴冷之气。传说，此洞与十里外的燕岩洞相连。燕岩洞口阔，可以建一座两层楼房，主洞内宽广平坦，冬暖夏凉，乳石奇异，滴水如琴音；在主洞尽头，又见三个小岩洞，入口都有 3 平方米左右。燕岩洞旁边居住的老人传说，这三个小岩洞通往三个不同的地方，左边的岩洞通往南岳衡山，中间的岩洞通往白马山，右边的岩洞通往山门镇的南岳圣殿，洞与洞不相连，深不见底，至今没有人知道三个岩洞到底有多长多深，只有祖辈留下的美丽传说，一代代相传。曾经有几个好奇的年轻人用石头击打黑洞旁边的岩壁，燕岩洞里可以听到回声，十里长的岩洞，洞内不知道有多大多长，是蛇虫隐藏的好洞府，也许青山之中成千上万冬眠的蛇类都隐形在洞府之中。

传说很多年前，黑洞之中隐藏着一条鸡公蛇，头顶上长两块手掌大的鸡冠，如血般红，竖立不倒，霸气十足；鸡冠后半米处，长两对肉翅膀，可以自动鼓气膨胀，可以驾驭云雾飞翔。因此，鸡公蛇可以捕食天空飞翔的鸟雀，可以捕食树上灵活的小动物，被尊为青山霸主。青山之中的野猪凶猛异常，一条公野猪可以用身体或獠牙推倒碗口粗的枞树，公野猪与这条毒辣的鸡公蛇相遇，敬而远之。瞧！鸡公蛇将身体直立一米有余，肉翅鼓气膨胀，嘴角下的气囊呼呼发声，鸡冠血红，身体倍增，一阵毒液喷射，方圆 20 米鸟类动物不敢靠近，领头公野猪和母野猪目睹小野猪被鸡公蛇生吞而无可奈何……

鸡公蛇凶猛毒辣，让人们害怕，曾经伤害了青山村几个人命。所以，人们上山砍柴、捕猎，三五人结伴而行。下雨，或有雾天，胆大的人结伴也不敢走进青山，人们胆战心寒，害怕鸡公蛇出来伤人。

鸡公蛇作恶已久，惊怒了天神。那一夜，电闪雷鸣，人们听到青山中传来公鸡斗败般的哀鸣。第二天,上山砍柴的一行人看到青山的溪水中淌着血水,沿着血迹寻找,发现溪边有一条口杯粗的蛇尾巴,有一根扁担长。人们恍然大悟,昨夜,闪电雷公斩断了鸡公蛇的尾巴,以示警诫。从此,鸡公蛇再也不敢伤人吃山兽了。

啊!美丽的青山,金蟒飞升仙界的故事,增添了你的神秘,金蟒池留下唐代李白的足迹,美丽了你的容颜,你永远是栖鸟鸣唱的舞台,你永远是诗人赞美的故乡。

青山风景秀丽,怪石嶙峋,岩洞神秘,奇树异草繁多,有千余棵古树峥嵘。这里山高林密,泉水清冽,溪流潺潺,野果草仔喷香,自然风景生成美妙奇观,是各种鸟雀和候鸟定居的天然生态景区。有喜鹊、戴胜、白鹭、天鹅、麻雀、鹦鹉、画眉、斑鸠、四喜鸟、啄木鸟、布谷鸟、猫头鹰等隐住在青山之中,或觅食山涧,或翱翔天空,各种好听的鸟鸣清脆婉转,像鸟的天堂。

春天,曙红壮丽的青山,杜鹃花火红了山岗,百鸟齐唱,春潮涌动。瞧!山岗、园子里、田垅阡陌上,一片片花蕾绽放,一片片绿芽舒展,春风传递着牛羊感恩的呼唤!山谷之中,处处土肥水秀,林木参天,遍地绿草如茵,鸟语花香。山脚下油菜花铺成金色的海洋,一望无际,金浪翻滚,一群孩子奔跑在田间阡陌上,童年的风筝起舞飞翔,生动的意象放飞最美的遐思。此时,我与青山对视,共通心声,回忆18岁的村庄前,袅动的炊烟忽隐忽现,抵达初恋的油菜田,扯猪草的妹子,清脆的情歌让我陶醉,她的笑脸，水汪汪的大眼睛，触动我甜美的心跳，让我仿佛嗅到了玫瑰花香。今天，让我轻轻呼唤你的名字，追忆往事，只有瞳仁里的诗行，放射出美丽的思念。眼前，蜜蜂喧闹，蝴蝶舞蹈，景色壮观，花香十里。

（原载于《湖南散文》2019 年总第十七期第 79—81 页）

白鹭栖息的故乡

　　一夜秋风，栏木山土坡上的枫树纷纷卸妆，火红的枫叶带着逝去的岁月翩翩起舞，黑色的枫果，以圆球为中心，四周长满了苍老的刺，有的在裸露的树枝上摇摆，有的在落叶上打滚，停下来又像岁月一只只沧桑的眼睛。看着火红的枫叶，我情不自禁地想起了20世纪90年代的栏木山（洞口县石柱乡栏木组，昔日有"白鹭山"的美名）。土坡上多姿多彩的风景，那些高耸入云的古枫树和古樟树，还有那些精彩的故事。

　　时间像一把利刃在故土上无情地雕刻，只有远去的风景触动她的伤痛！

　　一棵古枫树在春天醒来，枝头吐绿，它高耸在栏木山的土坡上，像一个铠甲勇士，守护着栏木山的草木走兽。抬头可以和白云握手，看到近处的丘陵和远方归来的游子；低头可以俯瞰美丽温馨的乡村房屋，草木枯荣，田野里庄稼繁荣。在 20 世纪 90 年代，这棵古枫树在栏木山的土坡上的古树群中是年龄最小的，看到了它的哥哥姐姐们和邻近的那些古樟树倒在了锯斧下，或枯萎老死在它的身边，变成了城市、公园、房屋的装饰品，成为人们记忆的风景！

昔日的樟木村人民大会场坐落在土坡中央，四周有 6 棵古枫树和 12 棵古樟树，葱葱郁郁，四季幽香。古枫树高 29 米有余，树干 3 个壮士双手合抱一圈，能攀登上树顶的人很少，村里人视为英雄树。每年春天，它们焕发出春的气息，嫩黄的叶子展示生命的活力；初夏开花，黄绿色，圆锥花序，核果小球形，跟随季节变换颜色，黄、绿、紫黑色、黑色四种。树顶上长期住着一群喜鹊，每天清晨和黄昏欢乐地歌唱。喜鹊的巢穴很大，比农家的箩筐大，有经验胆子大的年轻人，春天爬上古枫树掏喜鹊蛋，比家鸡蛋小，比鸽子蛋大，外壳灰色，麻麻点点，蛋皮薄，是小时候最好吃的蛋。掏蛋的人爬上树腰的时候，回巢的喜鹊在古枫树旁往复飞行，叽叽喳喳闹个不停，却无可奈何。喜鹊的巢穴是干树枝搭成的，掏鸟蛋的人贪婪地拆了巢穴，可以捡到二三拾斤柴火。但是，喜鹊很勤劳，5 至 7 天就在原来的树丫上垒筑了新巢，如果老巢被毁坏 2 次后，喜鹊就会搬迁新巢，在老巢的下面或反面搭筑新巢。这是什么原因，我就不知道了！

秋天，满树火红的枫叶染红了土山坡，总让人油然想起古代的诗句："停车坐爱枫林晚，霜叶红于二月花。"

古樟树上住着候鸟白鹭，每年春天气温回暖时，白鹭从远方飞来，回到古樟树上筑巢繁殖后代。四月天，以环境优雅，生态优美著称的栏木山，附近的水库、鱼塘、小溪、田野、柳江、青山江，是白鹭的天然食堂，形成了候鸟和各种鸟雀的天然生态景区。在田野和鱼塘里捕食泥鳅、小鱼、青蛙的白鹭，时而起飞，时而在禾田和鱼塘浅水中行走，天空、田野、村庄、树顶，白影点点，是一道最美的风景。听，几只麻雀在鱼塘边的柳树上叽叽喳喳，好像在议论着鸟类的新闻，时而蹦蹦跳跳，时而展翅如离弦之箭，隐入枣树和白杨的绿叶之中；瞧，一只白鹭在鱼塘觅食，时而在水中徘徊，时而抬头仰望，时而"咕噜、咕噜！"呼朋引伴，时而钳着鱼儿起飞，隐没在古樟树之间。闲情逸仙，人来鸟不惊。

古樟树上还住着一群麻雀，一些不知名的小鸟，每天早晨和黄昏，喧闹着，歌唱着，像鸟的天堂。

在樟木小学旁，有一棵古樟树年龄最大，据传有500年的寿龄了，5个壮士双手合抱一圈，树高20余米，树阴3亩有余，冒出土地的树根和树干搭界处有两个洞，其中一个洞如脸盆粗，另一个洞如水桶粗，传说树洞里住着蛇公一家，每逢月光皎洁夜，树洞里就会出来一群红头蛇，在古樟树四周嬉游玩耍，粗枝上倒挂一条碗口粗的黑蛇，头顶火红，两目如珠，像两盏灯笼，这是蛇公在守护着自己的孩子们，不受外敌侵犯。蛇公从来没有伤害过人，没有吃过家禽家兽，与人类和平相处。所以附近的人们对这棵古樟树有种莫名的敬畏，被尊为神树。逢节时，有老人在树下烧香祈福，有年轻人挂吉祥红丝带保平安。因为蛇公的传说，这棵古樟树从来没有人敢攀登，白鹭和鸟雀们生活繁殖在这里，变成幸运的宠儿。

1985年的夏天，樟木大队（樟木村和燕岩村现在合并为青山村）为了修建一座新的樟木小学，减轻每个生产队集资的困难，大队组织了生产队长和骨干会议，召开了人民群众大会，决定卖树集资，有3棵古枫树和4棵老樟树被商人买走了，有些树干被制造成教室里好看的桌椅，每天听着孩子们朗朗的读书声，看着孩子们健康成长，造福了子孙后代。2010年前，剩下的那些古枫树和古樟树在岁月中枯萎逝去，只有这棵古枫树宣示生命的高度，让人们回忆白鹭栖息的故乡，栏木山曾经有"白鹭山"的美名，是候鸟和各种鸟雀栖息的天然生态景区。

随着古树群的消失，白鹭和那些鸟雀迁居栏木山对面的丘陵。

从栏木山走进丘陵，沿着丁字形的乡村公路步行300米，山脚下有一条3米宽的黄泥土路直通丘陵腹地，陡而光滑，像丘陵古老的脊椎，当地人称斗牛坡。在生产队时期，栏木队养了6只水牛，每天早晨和下午牧童们去丘陵里放牛，斗牛坡是必经之道。话说牛群中有两只公牛，体格强壮，春天母水牛发情时，为了争夺交配权，斗牛坡就是两只公牛争斗的舞台。看，两只公牛衷情一只未生育过的小母牛，年轻漂亮的小母牛毛色黑黄，一身干净，没有泥巴灰尘，体型丰润，双目含情，尾巴左右甩动，苍蝇蚊子往复飞翔，嗡嗡嗡闹个不停。一只公牛不停地徘徊小母牛后面，用鼻子嗅其味，用身子在小母牛身上摩擦示爱。另一只公牛嘴含嫩草，双目圆鼓如灯笼，一阵狂奔而来，牛哞震耳，突然用双角向示爱的公牛猛然顶撞，受伤的公牛，掉头迎上，四角撞在一起，铿锵悦耳，两只公牛，以角为剑开始角逐，四目喷火，为爱生恨，尾巴竖起坚硬如钢，后腿如弓，前进后腿互不相让，黄土地上烙下深深的牛蹄印。两只公牛从山间斗到斗牛坡，从坡上斗到坡下，又从坡下斗到坡上，地动山摇，树木摇摆胆战；时而传来牛角的撞击声，公牛的喘气声，久斗不败不散。最着急的是放牛的牧童，一是害怕上学迟到，二是害怕斗坏了水牛，生产队要扣工分。看水牛斗架的牧童们，吆喝着，喧闹着，丘陵里热闹起来了。放公牛的两个牧童飞快跑回家向生产队长和大人们报信。队长赶紧组织几个年轻壮汉，抬着一根 100 多斤重的枞树，急匆匆来到斗牛坡，远远看到两只公牛四角顶撞一起，从坡下斗到坡上，又从坡上斗到坡下，牛哞声声，气势汹汹，山动地摇，没有败落的迹象。当水牛斗架又回到坡下时，队长早已组织 4 个壮汉站在斗牛坡的两边高地，把枞树高举过头顶，在两只公牛的斗角处落下，巨大外力的撞击，两只公牛在牛哞声中掉头走开，一场惊心动魄的斗牛停息了！后来，七公提出建议，把一条公牛阉了，两只公牛的争霸从此停息了。

走过斗牛坡，丘陵起伏，自然风光优美，山不高，蜿蜒如蟒，郁郁苍苍，山间天然泉水清冽，有 4 支小溪，生活着螃蟹、黄鱼、泥鳅、乌龟、黄花鱼等。山坡上有三亩或五亩梯田，有菜园和果园，山花摇曳，景色秀美。丘陵之间隐藏着一个大型肖家冲水库，当地人习惯称"关冲水库"，四面丘陵环绕，山间地域辽阔，山水相映，风光秀美。在山坡上，枞、松、杉、柳、白杨、针叶林、翠竹、苦竹、灌木丛，长势茂盛，郁郁葱葱；这里盛产野山楂、柿子、洞口蜜橘。大地回春时，映山红、山月季、各种野花把四周的山坡点缀得五彩缤纷，再与这碧蓝的水相映衬，形成一道绝美的风景。肖家冲水库上游有两股天然泉水，一年四季水流不断，因此这里的水清又甜，没有环境污染，水里生活着鲤鱼、草鱼、鲢鱼、鲫鱼、泥鳅、黄鳝等，有30 余种。水库四周的丘陵起伏一片片绿色美景，是白鹭、喜鹊、布谷、夜莺、麻雀、杜鹃、斑鸠等各种鸟儿，山鸡、野猪、野兔栖息繁殖的天然生态景区。这里没有人们居住，环境优美！每年春天白鹭归来时，清晨和黄昏远远听见"咕噜、咕噜"等欢乐的歌唱，或呼朋引伴，或展翅高翔，或轻收鹭翼，降落隐逸在翠绿之中。鸟与鸟之间和平共处，以鱼、野果、草籽为食，各种鸟唱喧闹了丘陵，不同的鸟翼点缀了天空。让人们和过往的游客顿生联想，丘陵里有一个"世外桃花园"。

啊！我的故乡栏木山，您是远方游子永远的思念，"白鹭山"的美名代代流传，定格了家乡人永远的回忆和赞美。

（原载于《湖南散文》2018 年总第十三期第 43—45 页）

青山江水清又甜

青山高，碧水长；小径弯，野花俏。

青山江水长又长，石柱镇雪峰山山脉的青山是江水的源头，一条条清澈的山泉水从重峦叠嶂之中奔腾而来，汇成壮阔的青山江。公路绕行江两岸，蜿蜒如龙；江畔葱绿，沿江而行，我仿佛听到了童年时母亲的方言："箱子草、呷钱草、蚂蝗草、狗牙齿、锅盖草、水棉花……"

话说江畔石桥组的石桥边，有6株百年古樟树，两三个壮志牵手难以合围，葱茏苍翠，沧桑的枝干镌刻着岁月的痕迹。有的树根部现出水桶粗的树洞，折断的枯枝留下碗口大的树洞。树上叶繁枝茂，喜鹊筑巢；树间是松鼠的卧室，树下是狸猫的领地。

青山江水清又清，青山江水甜又甜。2020年春始，在省、县、镇三级政府的关怀下，在青山村村"两委"的精心组织下，该村用石头水泥加固青山江堤岸，修建了两条水泥公路，方便村民出行及耕作；公路边安装了太阳能夜光灯，捕杀害虫及蚊子。青山村建成大型水稻种植基地，成立了村民参股的百合种植合作企业。青山村位于雪峰山脚下，种植的百合高产，品质上佳，村民的好日子蒸蒸日上。

青山村地利人和。青山村是山门镇和石柱镇出入要塞，交通便利，村与村，镇与镇通了公交车；青山村巷里、巷中、中间、头上、佳兰溪、温井、万里组，外村排头、柳江，以栏木和樟木为中心，人口集中，镇公路两边的黄金地段，有樟木小学、青山村党群服务中心、青山村卫生室、生活超市、五金、瓷砖、钢材店、美容理发、汽车维修等，形成车水马龙的青山村商业街，热闹非凡。网络服务遍乡村，电商落户农家，农产品、腊肉及猪血丸子变成明星商品。

路灯引领夜归人，游客来了有米酒。如果有贵宾来光临，一家老小笑脸相迎，举起米酒敬亲人，腊肉猪血丸子下酒。如果有朋自远方来，喝了米酒看风景。当地温井风景远近闻名，有一口清澈的泉水从地下汩汩而出，井边几株古松柏遮阳挡风。冬暖夏凉，井水清澈，千年不断流，4个龙骨车的水流生生不息地注入青山江。对岸有一岩洞，深不见底，传说是蟒蛇的洞府，无人敢探究此洞的神秘。

看了青山走石柱。龙江水库48道弯，丘陵起伏，绿水相映，栖息着60多种鸟类；弯道里牛羊成群，鸟语花香，有野兔、野猪、狐狸、黄鼠狼等动物。

　　有兴致的游客必去石柱镇雪峰山腹地，欣赏七岭云海奇观，看雪峰山日出，让人心旷神怡；看八寨漕水飞流直下，飞花溅玉，一漕二漕三漕三级瀑布，景色壮丽，让人浮想联翩，恍如走进世外桃源。

　　（原载于《邵阳晚报》2021 年 6 月 29 日第 6 版《神滩晚读》栏目）

江畔灯火照田园

夏天，万物蓬勃生长。田边、溪边、江畔、丘岗，岩香菊蓓蕾旺盛，金色的花朵像星星点灯；月季花抬头顾盼的倩影，婀娜多姿，芳香四溢。青山江蜿蜒如龙，源头来自青界，江水清澈甘甜，山泉水是它的血脉，野草野花是它美丽的衣裳。

江水有多长，田野稻禾就有多美。绿色的田野，水坝流水哗哗，阳光溢彩，蛙声一片。青山江两岸野草嫩绿，岩香菊在草丛中绘画，香气四溢。江畔稻禾青绿，像两条碧玉装饰的带子，像雪峰山起舞的裙摆，舞动一年四季庄稼善变的颜色。江水清澈见底，螃蟹爬上卵石晒太阳，一群鱼沐浴阳光悠闲自在，几只母鸭带着一群小鸭游泳觅食，水底捕螺，"嘎嘎嘎"唱个不停。美呀，流水弹琴，水鸟歌唱，白鹭飞翔。

抬头仰望，巍巍青界直上云天，它是青山的背脊，是雪峰山脉一座高峰，风景秀丽，是石柱镇旅游的风景明珠。几只青蛙见我走来，迅速潜入水中，停息了一串和谐美妙的音符的演奏。一条金色的鲤鱼跃出水面，到处张望。江两岸是洞口县石柱镇青山村省级高标准农田建设示范片区，清澈的江水，滋润了菜地、稻田、果园。黄昏时，岸边洗衣的槌儿吟唱，羊咩牛哞相和，鸟儿归巢，两排太阳能路灯像接受了命令，一盏接一盏明亮起来。

路灯有多亮，田园夜色就有多美。夜晚，灯如画，为回家的游子导航，为月光照耀乡村导航。月光在水中变成镀匠，江水由绿色变成银色，七彩卵石亮晶晶，星星镶入水底，月亮统领了水底世界，鱼儿变成舞女，泥鳅变成运动员，虾兵变成保安员，螃蟹变成鼓手……有人说：著名作家姜贻斌在青界和青山江畔旅游得到启发，青山中峰有一个神秘的燕岩洞，主洞口阔20余米，洞内钟乳石千奇百怪，几个小洞深不见底，传说通往山外的另一个世外桃园，姜贻斌从青界旅游回长沙后，创作了中短篇小说集《漂泊记》。有人说：诗人林目清在青山江畔采风，听到漂亮村姑的歌声清脆悦耳，让他怀念初恋，诗歌飞扬，创作了爱情诗集100首《心尖上的花蕊》。美丽的青山江，你是白鹭栖息的故乡，你是作家的世外桃园，你是诗人的圣地。

高铁有多长，回家的心情就有多美。我家住在青山江畔，流淌的江水陪伴我长大，引领我从农村走向城市，为我照亮前程，超越梦想，岁月成金。打开微信视频，阳怡旦的聊天真带劲，他说："丁哥，好想念，你回家我做东，青山村的米酒比深圳的茅台酒醇香，青山村的土猪腊肉香喷喷，农家土鸡美滋滋，江里的白尾鱼鲜美滑嫩，山美水美人更美，乡村的广场舞、花古戏，高过城市的夜总会，兄弟常回家看看，同学之间要常聊常聚，一杯杯米酒，一杯杯思念，一杯杯乡情，等亲人敬亲人。"是啊，同学情义是微信热门，是诗歌的眼睛，是心灵的花朵。眼前，一只蜜蜂亲吻月季花粉红的花瓣，是我对故乡的思念，一只蝴蝶亲吻岩香菊的花蕊，是我对家乡的热爱！

（原载于《邵阳晚报》2023 年 5 月 12 日第 6 版《神滩晚读》栏目）

大美青山

在奇峰峥嵘的雪峰山脉之中有一座高峰，名叫青山，绵延的原始森林，流水潺潺，鸟语花香，云雾缭绕，怪石嶙峋，岩洞神秘，奇花异草繁多。

青山巍峨耸立，蜿蜒如龙，昂首北上，经七岭八寨，与白马山相连。俯首向东，山泉水汇成青山江，远看像一条缥缈的白带，经太和、中家、石桥，缓缓隐没在丘陵之间，汇集涓涓细流，在柳江和樟木水流壮阔，在田野穿行，春夏江水奔腾汹涌，两岸稻田碧绿，绿风起伏，远山近树，多姿多彩。先流入黄泥江，再流入石江，奔向大海。

青山风景秀丽，人行其间似仙境。日出时分，泉水清澈，野果喷香，各种鸟类觅食山谷，或鸣或翔。林间深处，香樟、柞树、银杏、雪松、枫树、楠木、栗树、合欢树、野山桃等超过了500种。

幽谷泉水叮咚，黄杨、沙柳、女贞、冬青、棕榈、月季、迎春、杜鹃、火棘等灌木簇拥丛生。这里是野鸡生活的乐园。春秋两季，野鸡下蛋，如果樵夫或游客走近野鸡窝，一声鸣唱，野鸡飞向远方。有经验的山里人就会在自己站立的地方用眼光仔细搜索，如果看到附近金刚藤长势旺盛，下面有一丛翠绿的杜鹃，十不离九，野鸡窝就在杜鹃下面。走近一看，茅草窝里的野鸡蛋，少则 6 个，多则 10 个。山间小径香气袭人，牵牛花、枝木花、栀子花、山茶花等次第开放，美不胜收。

青山脚下有一个美丽的村庄。村庄富足，民风淳朴，借青山之灵魂取名青山村。村与村之间水泥公路相连，公交车方便了农民上街进城，方便了外地观光旅客流连大美青山。

青山脚下，盛产云雾茶、野山茶。冰雪消融时，茶树上的叶芽最先伫立枝头，当和暖的阳光穿透草芽心声，茶叶的芳香，香过了四月的花朵。在异乡，一杯故乡的茶，一杯深情，在沸腾的水里，叶脉划动，沉下的是茶山往事，浮上的是采茶姑娘的山歌，一杯故乡的茶，一杯乡情，芳香充满肺腑，故乡在眼前闪烁，乡音亲切，鸟鸣婉转……

夏天，青山葱葱郁郁，白云把这里当作故乡。山脚下，良田万顷，梯田随着青山起伏，忽而美丽，忽而神秘。小块田只有半亩，大块田超过了 10 亩。有梯田、方田、圆田等，形状各异，错落有致，被蓬勃生长的稻禾连成一片，像碧绿的带子，装饰了村庄，美丽了河流。5 月，麦子抽穗，株株相连，布谷之声在田野回荡，炊烟在村庄袅袅升起。

秋天，枫叶似火，与翠绿相染，像一幅天上掉下来的油画。山脚下，黄灿灿的稻穗，这儿一片，那儿一片，遍地金黄给人民带来丰收与喜悦。橘子黄了，果园像挂满一盏盏小灯笼，采撷的人们采响丰收的鼓点，一车车橘子销售到四面八方。青山村人们富裕了，建起了一座座高楼，水泥公路通到了家门口，村和村通了公交车，日子红红火火。

冬天，山顶上的翠竹林风景独美。簇簇拥拥的翠竹，十分挺拔，顺着山势起伏，像绿色的海洋。听，竹林里沙沙地响，像冬笋冲破了土壤！下雪的时候，野猪占山为王，野羊逍遥自在，三五一群，时而在山岗"咩咩"呼唤，时而在村庄门前徘徊。老鹰开始巡逻青山，狐狸、野猫、野兔，时隐时现。

哦，大美青山！

（原载于《邵阳晚报》2020年6月5日第6版《神滩晚读》栏目）

小溪欢唱

丘陵起伏，小溪欢唱。从山门走石柱，青山村是石柱镇的门户，水泥公路两旁一座座新楼房。小溪哗啦啦流，水绕村庄，年年流淌，我的童年在记忆里流淌。

我家住在洞口县石柱镇的蔡山江畔，是当代著名经济学家尹世杰的故乡。一条清澈的江水，蜿蜒在村庄和田垄深处，白鹭飞翔。故乡的小溪是我童年的乐园，在繁华的深圳，我时常在久违的乡音里驻足回望。

夏天，故乡的暴雨是最无常的了，俗话说：六月的天，猴子的脸，说变就变。中午，火辣辣的太阳照着大地，路上行人燥热口渴，地里的农民汗流浃背。忽然刮起一阵狂风，乌云翻滚，雷声隆隆，闪电交加，一瞬间下起了哗啦啦的暴雨。东边太阳西边雨的意境，像偶遇一个神话，像一个春宵美梦。

最难忘的是暴雨后的美。丘陵、山坡、田野，到处晃动水龙，流水潺潺；山峦被雨洗得葱葱郁郁，树叶草叶闪烁银光；天空虹彩飞扬，它的尾巴在青山之上，它的龙头在蔡山江的水里，是人们传说的"虹吸水"，像仙女衣上的彩带，像诗歌的羽翼翔在天水之间；鸟开始唱起来，清脆婉转。

　　最难忘的是暴雨后捕鱼。在田间排水坝口下，逆水安个筌，筌上压一块大石，以防被水冲走。筌内放一些炒熟的黄豆，或放一些砸碎的生田螺，香气四溢，引诱鱼儿寻味而来，又不忍离开。筌的入口有倒钩小口，起筌时鱼才不会跑掉。天黑前、天亮后起筌，里面有泥鳅、鲫鱼、虾、小鱼、黄鳝，少则几两，多则斤余。有经验的老农，常在田野的小溪中安个簖，溪水很急，鱼塘和稻田里的洪水都汇集到这里，必须在小溪的两埂边和中间设3个大木桩，把簖用铁丝捆在木桩上，簖前放一些针叶杉树枝，以防大鱼冲开簖逃走，这样鱼塘里跑出来的草鱼、鲤鱼、鲢鱼，溪沟里成长的乌龟、黄鱼等，都在簖里集合。洪水退走后，用脸盆把簖内的水舀干，一场暴雨可捕几斤鱼，如果运气好，可捕鱼十几斤哩！于是，在忙碌和欢乐之中，我和妹妹在夜里品尝鲜美的鱼。这是烙在心底的幸福。

　　（原载于《邵阳晚报》2020年7月3日第6版《神滩晚读》栏目）

十二枝柴花朵铭刻深情

4月16日，又收到了表妹香香的挂号信，我轻轻拆开信封，芳香四溢，信纸中夹着12枝火红的柴花朵，铭刻着表妹10年来永不褪色的爱情。表妹的叮咛告诉我："不是所有的约定都是永恒的守候，不是所有的爱情都是完美的结局。10年前在你离开我的日子里，每当夜深人静时，脸颊总会不经意掠过一滴泪，这泪早已痛到麻木，你曾去想过这泪有多么忧伤吗？10年后，成熟的我没有让思念变老，每次提笔给你写信，眼泪在眼里打转，那些爱过你的日子都生成美丽的风景，伤得最深的是执着的感情。我错过了花，也错过了雨，5年前我遇到了彩虹，现在我有两个孩子了。希望你在繁华的深圳市，让追求插满翅膀，像家乡的柴花朵一样，不骄不荣，生长在平凡的丘陵里，不用除草施肥，却开出满山火红。"此时我心灵飞翔，搅拌了美好回忆，那段甜美的童年爱情。

我家住在洞口县山门的黄泥江畔，在那百花盛开的阳春三月，两岸桃林繁花满枝，沿江飘香几十里，清风徐来，缤纷的落英把江水染成了粉红色。沿江岸往下走，只见滔滔的江水将落花带走，让你领略到"落花有意，流水无情"的凄美。沿江岸往上走，丘陵环绕，山清水秀，那四季葱翠的枞树林下，满山火红的柴花朵争奇斗妍（柴花朵书名映山红或杜鹃花），葱翠的枞树林热闹起来了，山鸡啼叫，杜鹃歌唱，云雀啁啾……乡下孩子喜欢采一束柴花朵，把火红的花瓣含在嘴里，清香舒畅，沁人心脾；有的喜欢采一束给小妹妹扎花环；有的喜欢采一束含苞欲放的插在玻璃瓶里，让它们在房间开放美丽，满屋生香。

10年前，我还是一个放牛娃，每逢柴花朵绽放的时候，镇街上的表妹香香便会来我家闲住一段时间。她比我小2岁，有一双水汪汪的大眼睛，百灵鸟般的嗓子，羊角辫上扎两个粉红色的蝴蝶结，棕色的健美裤衬托苗条的身材，更显出城镇姑娘的天真活泼。在闲住的日子里，表妹便和我上山放牛，穿行在满山花海之中，听杜鹃歌唱。和表妹骑牛背，给表妹戴花环，天使般快乐的表妹总爱飞奔在弯弯的山道上，与云雀嬉闹，与杜鹃比嗓子，她爱唱："春风吹绿了江畔，鱼儿跳，水波漾，黄泥江的水清又甜；春风吹绿了山冈，牛儿哞，鸟儿唱，山门镇的姑娘美；春风吹开了柴花朵，淡淡的女儿妆，淡淡的女儿红，采花的牛郎织花环，戴花环的妹妹心儿美，心儿美！"

那年3月28日早晨，山乡晨雾在阳光的照耀下缓缓散去，丘陵明朗起来了，绿莹莹的枝叶，菲菲芳草，挂满露珠闪闪发光，百鸟鸣唱，牛儿呼朋引伴。忽然，表妹对我说："表哥你看，石崖上的柴花朵太漂亮了！"

放眼表妹手指的方向，在 10 米高的石崖上，一束柴花朵如火炬般傲然绽放在荆棘丛中，与表妹绯红的脸媲美。表妹又柔声说："表哥，我要石崖上那束柴花朵。"

约 10 米高的石崖直立而上，有的光滑长满苔藓，有的锋利如刀，却不长草藤。一向呵护表妹的我仔细丈量，绑紧鞋带，缓缓攀登石崖而上，拨开荆棘，露出一个脸盆大的岩洞，黑森森的寒气逼人，我小心翼翼地采下 12 枝火红的柴花朵。突然一条大蛇一跃而起，在我的右手上狠狠咬了两口，我痛得滚下石崖。

醒来时，看见表妹斜倚在我的床边，手捧 12 枝火红的柴花朵，滴满晶莹的泪水。表妹看见我醒过来，哽咽着说："表哥，怪我不好，如果那条蟒蛇是一条毒蛇，表哥就……如果没有石崖下那片青草地，表哥就……"

看着泪眼婆娑的表妹，我怜爱地说："表妹不要哭，表哥没事，等我长大以后，把天上的彩云摘下来给你做嫁衣。"

表妹红扑扑的脸蛋更灿烂了，害羞地说："表哥你坏，我不要天上的彩云做嫁衣，我要表哥的一颗心，我要表哥摘下的 12 枝柴花朵……"

2001 年秋天，我带着梦想和追求离开了山门镇，在深圳特区友人的帮助下，进入中国电信深圳分公司，成为一名普通的业务员。业余时间我走上了写作之路，在许多编辑老师和文学笔友的帮助下，我的知识面和写作水平得到很大的提高和拓展，在阳光雨露中，我心灵解放，青春歌唱，每次看到自己发表了作品，总是兴致勃勃，感受到业余写作的美好前景。目前已在《江门文艺》《绿风诗刊》《太阳无声》《打工簇》《叶尔羌报》等发表作品200余篇。而我没有用手中的画笔描绘出我和香香绚丽多彩的爱情图案，2007年她嫁给了一个商人。每逢4月，表妹香香就寄来12枝火红的柴花朵，剪不断的是深情，说不完的是牵挂，让我时刻吮吸乡土清新的空气。是啊！不是所有的约定都是永恒的守候，不是所有的爱情都是一种完美的结局。

（原载于《江门文艺》2012年11月总第535期）

石蒜花（外一篇）

春天石蒜花开，金黄的盏儿，这儿一盏，那儿一盏，日夜喷香，早晨的花卉盛着露水，像聚宝盆，它被家乡人誉为野花之王。

石蒜花生长在石崖上，它没有樟木村田野里的油菜花那样牵牵连连，风吹花动，金色起伏，似江如海，香潮滚动，蜂恋蝶舞。它是一种超然的意味，它生长在石崖上，这儿一朵，那儿两朵，懦夫敬而远之，勇者攀而取之。

小时候，我在石崖边放牛，总爱攀上石崖，挖掘两株石蒜花带回家，栽在塘坎边的石缝间，它很快适应土壤，花开不败。石蒜花名字的由来只是家乡人的俗称，它的叶与普通的蒜叶不同，生二叶、三叶、四叶，一茎一朵；它的根和埋在地下的蒜头与菜园子里的菜蒜头一样，只是外表裹着一层黑皮，习惯生长在石崖上，所以家乡人取名石蒜花，至于书名叫什么，我不得而知。那次，邻居小解萍看我带回一株石蒜花，也来凑热闹，她先拿在手里，嗅那金色的花瓣吐香，红扑扑的脸蛋更灿烂了。接着用手指在石蒜头的破烂处摩擦，放在鼻尖上品其味，瞬间，小解萍醉软在我身旁。母亲赶过来，把石蒜花丢进鱼塘，又按她的人中穴，她才缓缓醒过来。母亲对我说："石蒜花是一种高贵的花，它的蒜头和花卉散发一种异味，蚊虫不敢亲近，体弱的人闻了会头晕，或呕吐。世人称花醉，只要远离了石蒜花，再按其人中穴，就会醒过来"。

听了母亲一番话，我终于明白为什么石蒜花的周围不生杂草，也不长灌木，为什么家乡人誉它为野花之王的缘故。郁闷的是我再也不敢带石蒜花回家了。

说起石蒜花，我就会忆起一个美丽的传说。那年春天我常和五爷爷在石蒜花盛开的石崖边放牛，一天突逢乌云翻滚，电闪雷鸣。下起哗啦啦的春雨。我和五爷爷把牛拴在一棵松树旁，在石崖下边的岩洞里躲雨，雨越下越大，五爷爷兴致大发地说，丁仔，五爷爷给你讲石蒜花的故事。我们头顶上那两株最大的石蒜花，1000多年了，没有人采过，没有人靠近过，每当星繁月朗夜，两株石蒜花下有两条聚会的蛇精，一条蛇精像金子般发亮，头顶像火一样红，祖先们传说是楠木山那棵千年老樟木树洞内的蛇公，一条白蛇精，身子像银子般闪亮，双眼像月光般含情，传说是这个岩洞的洞主白蛇精。我猛然打了一寒战，害怕这个岩洞就是白蛇精的嘴巴，我们随时会被它吞入腹中。五爷爷吧嗒吸了几口旱烟，眼光闪了闪接下来说，这两条蛇精和附近的村民都是好邻居，它们不伤人不吃牲口。每当月圆夜，看到石崖顶上金光银光闪烁，人们知道是两条蛇精在聚会，没有人去打扰它们，所以村民与两条蛇精世代友好，相敬千年。只是神仙精怪有天宫王母娘娘的天规约束，男女不得结婚生子，违犯天规重则万死，轻则天火酷刑。两条蛇精有道法千年，有爱情千年，但害怕天规的残忍，不敢越雷池一步。如果两条蛇精阴阳结合，晴天也会出现执法雷电，将它们碎尸万段……我回望身后漆黑一片，不知岩洞有多深，只听见潺湲的水声，像蛇精流动的血脉，我对它产生一种怜悯和敬仰。

哦，两朵美丽的石蒜花，就这样陪伴着两条蛇精的爱情1000年。今天，我站在叶尔羌河畔思念故乡，每逢月圆夜，我就会想起五爷爷的故事，幻想两条蛇精聚会。那种缥缈的妙境，让我更加怀念家乡的石蒜花。

月亮雨

一阵风吹过，流动的语言倒出成片的幻想，月晕渐盛，稀雨渐飘，雨滴叶答相和，是夏夜神怡的诗韵。

微凉的雨落在田野，滋润稻穗成熟，落进我心田，滋润心花绽放。独步雨中，一如拥抱久别的情人，游兴的烟霭撑开记忆的伞，朦胧的月光，朦胧的心情，朦胧的爱情曾经拥有却又缥缈，一滴雨落在我的唇上，像昔日女友清纯的吻。我信步走着，让思绪停在故乡的河畔，品味那些变成铅字的作品，嗅到了远方情人的体香，重叠的脚印细踏千遍，太多太美的语言，像今夜的月亮雨。

深情的泪水未落下，沁心的雨滴正落在腮上，那份醉人的清新，澄明万千思绪。一首纯真的歌，在一只夜莺的歌唱里升华，撞击着我激情的心房。啊！深情的月亮雨，成长着我崭新的生命年轮。

蓦然抬首，乌云散开，月华如水，一种深邃与旷浩，让思绪扶摇直上，汇入那片深、那片真、那片实。漫笔苍穹，如潮的语言勃发韵致，串成今夜的月亮雨。

（原载于《江门文艺》2009年8月总第449期第78、79页）

蔡山江畔芙蓉开

蔡山江的源头来自七岭河，江水蜿蜒如龙，从雪峰山脉奔涌而来，在丘陵里千回百转，在田野间奔腾歌唱。江水流经石柱村、坎上、东政、柳江、樟木等，汇入石江，生生不息。

秋天的蔡山江畔，一股稻香袭人，田埂上的秋黄豆摇着风铃，沙沙沙地响，那是豆荚在阳光下开裂的音符，向人们展示丰收的喜悦。山坡上的橘子黄了，地里的辣椒红了，枫叶染红丘陵是一幅壮观的画卷。在萧萧秋风中，人们常常赞美凌寒不凋的秋菊，我爱赞美傲寒拒霜的芙蓉。

霜降时，石柱镇的山边、溪边、村旁、校园，芙蓉花开，五彩缤纷，有大红芙蓉花，白千芙蓉花，桃红芙蓉花，花繁色茂，烂漫如春，芳姿妩媚，如锦如绣。蔡山江畔初冬的早晨，雾霭袅动，两岸排对排的芙蓉，或疏或密，景色壮观。初开的雾里晨花，白色或淡黄；后随阳光的照耀，午间变成深红；傍晚，从雪峰山脉吹来凉风，气温下降，又变成紫色。一日花色三变，妩媚动人，家乡人俗称"三醉芙蓉花"。

12 岁开始，芙蓉花璀璨了我虔诚的目光，在我的生命内部烁出灵性之光。因此，我对芙蓉花有种特殊的感情。

石柱镇政府右边，一脉丘陵蜿蜒如龙，树林之中传来朗朗读书声，沿着一条水泥公路上行 300 米，枞树、雪松、槐树、垂柳、翠竹、梨树、桃树，首尾相连，相得益彰，这就是远近闻名的石柱中学，山清水秀，青翠与远天相接，几排教学楼，宽广的篮球场，石柱镇的孩子们在这里茁壮成长。

每次我回到故乡石柱镇，行走芙蓉花盛开的蔡山江畔，就会怀念中国当代著名的经济学家尹世杰先生，他是我们洞口县和石柱人民的骄傲。他主持了党的外围组织"新民主主义建设协会"工作，为湖南和平解放发挥了积极作用。解放后，长期在武汉大学、湘潭大学、湖南师范大学执教。1983 年主编《社会主义消费经济学》一书，填补了我国消费经济学的空白，标志着中国消费经济学正式创立。1985 年获首届孙冶方经济科学奖。2013 年 1 月，在长沙逝世。尹世杰先生堪称高山仰止，才华卓越，被称为中国消费经济理论第一人。尹世杰先生走了，他却是我意象里日夜放歌的芙蓉花！

如今，我久别故乡，听来自故乡的雁鸣长空，古意苍凉，乡思在记忆里反复重叠。梦里行走家乡的蔡山江畔，芙蓉花夜夜喷香，深吸一口气，一股醉人的芬芳沁人肺腑，芙蓉花在意境里盛开美丽，怡情悦目，破我寂寞。

（原载于《邵阳晚报》2019 年 11 月 11 日第 6 版《神滩晚读》栏目）

八寨三漕

一漕、二漕、三漕三大奇观，是洞口县石柱镇八寨村一道最亮丽的风景，它是兰河的血脉。

从兰河村到八寨村的交界处，沿着水泥公路奔腾而来的兰河水，在峭壁峡谷中形成三级壮观的瀑布，当地人称三漕。由上而下，分为一漕、二漕、三漕。漕水边有一条老石板路，宽2米。

兰河的源头在白马山，在百座奇峰中往复穿行，汇集了千百条山泉水，如蛟蟒争光，忽明忽暗，或溪或瀑，最后形成了一漕、二漕、三漕瀑布奇观。

三漕瀑布高4丈，飞流直下，像万马奔腾，震耳欲聋。水入石潭，深不见底，漕水5亩见方，波浪拍岸。岸边，清澈见底，好看的卵石和游鱼清晰可观赏。左边是峭壁，石崖上爬山虎、紫藤、牵牛花攀缘而上；山茶树、沙柳、柴花朵、枝木花等灌木，或丛生，或独立悬崖，或独生崖缝；苔藓、石蒜花、狗尾草等野草丛生。几十个神秘的小岩洞，生活着各种蛇鼠；岩鹰时而展翅高翔，雪峰灵芝在阳光下闪闪发光，野趣横生，风景秀美。右边林木茂盛，火棘、山茶、月季、棕榈、红叶继木牵牵连连，长势旺盛。满山星星点点，开着不同季节的野花。

沿着三漕上行 180 米，听见二漕水声隆隆，两岸林木青翠，左边石山渐渐缓和，野猪、野羊、野兔在灌木丛中走动觅食。二十几株百年古樟树、柞树、银松高耸入云，人来鸟不惊，时而传来山雀、画眉叫声。漕水三亩见方，瀑布三丈余，潭水墨绿，深不可测。

往二漕边的水泥公路上行两百余米，一漕水流湍急，飞流直下 2 丈余，水帘下有一岩洞，口宽 1 米，黑漆漆的不知道有多深。漕水 2 亩有余，水深看不见底，岸边水草丛生，游鱼、螃蟹尽在眼底。左边山势不高，可以攀登行走，翠竹、南竹、苦竹、紫竹葱葱郁郁。

兰河是漕水的母亲河，兰河水清澈甘甜，滋润着起伏重叠的梯田，浇灌着石柱镇的优质稻米、小麦、橙、橘、柿子，雪峰蜜橘声名远播。兰河水吸收了绿叶清香，野果醇香，野花芬芳，滋润着山里妹妹雪白的肌肤，嘹亮的山歌在漕水之上飘逸。兰河、漕水与雪峰山脉的自然美和谐相融，是外地游客心驰神往的地方。

（原载于《邵阳晚报》2019 年 5 月 17 日第 6 版《神滩晚读》栏目）

黄双古樟香

黄双江水清，千年古樟香。

我在洞口县石柱镇黄双中学读初一的那个秋天，在香香家里吃了第一碗黄双凉粉，凉粉入口像泥鳅滑入喉咙，像雪水滋润心田，滑滑甜甜让心灵飞翔。

凉粉籽来自凉粉果，又名薜荔果，木莲果。花期4到5月，分瘿花、雄花、雌花3种，8到9月果熟，果皮暗褐色，可自行开裂向外飘洒种子。黄双的凉粉籽是野藤生，主根在土壤之下，侧根与古樟缠绵，寄生枝头，古樟繁荣，凉粉藤旺盛。人们不知道这株古樟的真实年龄，老人传说，有1000余年寿龄。此树威武雄壮，4个壮士双手难以合围树干，高30余米，树繁叶茂，树荫4亩有余，四季青绿，早晚喷香，正午太阳炙热，香气浓郁。

千年古樟生香。一群喜鹊在古樟之上搭巢，在村庄、田野、丘陵歌唱。黄双江畔土地肥沃，风调雨顺，有松柏林、白杨林、橘园等，野草、灌木丛生，是野兔生活的乐园。

黄双江畔土壤松软肥沃，是半夏生长的好地方，它又名三步跳、麻玉果、麻玉子，4月发芽，叶二片、三片，9月中旬始挖半夏。半夏有燥湿化痰、降逆止呕、消痞散结、消肿止痛等功效。挖半夏的季节，是学生们最快乐的季节，放学后或星期天，在江畔的田垄、菜地、园子里挖半夏，一天可以挖三五斤，去了泥土的半夏在药店可以卖2元1斤，那时候的2元钱，对学生很珍贵了，可以买本子、糖果、日用品等。

我们的班主任阳贤德教数学，他中等个子，平易近人，是石柱镇闻名的高级教师。同学阳怡旦和刘友民争着提问："阳老师，黄双江畔有多少只野兔？"阳老师眯着眼睛，用手梳了几次头发，在讲台边背手踱步，理顺思路说："古樟的树洞里住着一群野兔，有20多只，其中一只母兔全身毛雪白，有灵气，是兔群的头领。出入树洞，白兔必在洞口仔细侦查，看看是否有行人和狗从这里经过，由此保护小兔子的安全。野兔群一般日出和日落出洞觅食，中午和夜间在洞府休息！"此时，我仿佛看见一只白兔在我的灵感里行走，美丽、智慧、高贵。

阳老师陡然拍了一下课桌，峰回路转地说："嘿嘿，黄双江畔的野兔有20多个兔群，估摸着有200多只野兔，它们的洞府在哪里，就不得知道了。"

原载于《邵阳晚报》2021年11月12日第6版神滩晚读

走小水画李山

　　小水不是水，李山不是山，是石柱镇青山村的两个村民小组，这里丘陵秀美，鸟语花香。一条清澈的小溪潆洄其间，滋润了这片土地，庄稼繁荣，稻花飘香。溪水的源头来自青山，峰峦巍峨，山青谷幽，几支山泉水汇成小水组、李山组之溪，水清水甜。

　　小水水甜，溪水滋润了溪畔生长的甜茶叶，藤生三叶。摘两片甜茶叶，在溪水中洗涤，放入嘴里，眯着眼，细品慢嚼，叶汁吐甘，甘中含香，口渴解渴，沁人心脾。有经验的老人，把甜茶叶连藤一起割回家，在廊檐下风干，沙罐熬甜茶叶，可入中药，清肺明目；开水泡甜茶叶，招呼客人，满屋生香。小水、李山人祖传的甜茶叶，古色古香，乡情悠悠。

　　李山水美，稻谷熟了，蜜橘黄了，辣椒红了，一个个丰收季节来了。小水人和李山人在丘陵脚下和水泥公路边建筑了一栋栋好看的楼房，收割机代替了脚踩打谷机，小汽车喇叭热闹了乡村，村民日子红红火火。瞧！3个10岁左右的儿童，光着脚在溪中捉螃蟹，穿蓝色上衣的男孩把一块石头从水里搬开，轻松抓到一只螃蟹；另一个男孩躬腰在溪水的石坎边搜索，爬出石洞的螃蟹被他轻松捕到，他得意地用手指弹了弹蟹钳，放入小女孩提的水桶里。走近细看，水桶里挤满了螃蟹，灰黑色，溪里的螃蟹块头不大，三五个一两。我和穿蓝衣服的男孩商量着说："螃蟹卖不卖，多少钱一斤？"这男孩说话声音响亮："嗨！叔叔，这螃蟹我们不卖，拿回家用香油炸，又香又脆，这味道就是李山螃蟹的味道！"我吞了一下口水，仿佛嗅到了李山螃蟹的香味。

走小水画李山，其乐无穷。

（原载于 2021 年 9 月 17 日《邵阳晚报》第 6 版《神滩晚读》栏目）

乡　恋

　　青山常在，绿水长流。光阴荏苒，我已4000余个日子远离了故乡。春雨绵绵，滋润着思想的种子萌芽，乡恋的情感起伏在那片连绵的丘陵里，……山门镇的早晨偶尔一缕两缕怀乡的愁苦，悄悄爬上眉梢，一滴两滴晶莹的泪珠，悄悄朦胧睫畔。问雨中流泪的天空，问夜里躲开的星星，昨夜梦，隐隐刺痛我的心。

　　月圆夜，灵感里那些华丽的辞藻活起来，漠恋又添浓墨重彩，戈壁游龙般在思想里雄浑豪放。我感觉自己站在天山的顶峰，唯我独尊，看见月光、雪山、冰川流光溢彩，天宇的清辉好似变成万家灯火，从沙枣花联想到杏花落满衣衫，漠月有泰山的精神，海上月的灵魂，却没有故乡月的瑰丽。于是我常常用手中的笔亲近故乡。

　　在洞口县的雪峰山脚下，有个古老的小村庄叫楠木山，那就是我的家乡。在家乡，开门见山，起伏连绵的丘陵爬上了雪峰山，绿油油的田野壮丽旷达，那条荡气回肠的小溪记忆着我童年的欢乐。童年，我痴迷山水，常在晴朗的周日爬山，沿着丘陵走进雪峰山脉，沿着青山中间的那条石板路往上走，竹林一片连着一片，春天的山峰送来花香，沁人心脾；夏天的杉树林占据山顶，捡柴姑娘赠你一个甜笑，送你一支山歌；秋天的古木参天，一只松鼠抛给你一颗板栗，欢迎你到大自然来做客。

爬山有乐也有苦，累了喝一口山泉水，甜在心里，偶然发现几只螃蟹在水底爬行，张着两个大钳，让你敬畏不敢亲近。偶然一只无名鸟扑腾一声从草丛飞向天空，留给你一支动听的歌，心旷神怡，动人心魂。如果你在山里迷路，沿着山泉水往回走，嶙峋突兀的怪石为你引路，若隐若现的石纹，是山里人为你刻下的路标，这是山村人们美的化身，像一条山泉水不停地在我眼前深情而温柔的流淌，那种崇高的品格，让我的内心高洁明净，无论我走到哪里，让我怀念故乡，还有山里的那些兄弟们。

（原载于《江门文艺》2007年10月下半月刊总第405期第77页）

辣妹子

农谚说："十亩田，一亩园。"水稻为生的湘南家乡人，用零零星星的小块地做菜园子，是一种祖传的嗜好。东边一排竹篱笆，西边一块土园子，过上小康生活的家乡人种植蔬菜和菜瓜，自给自足。

家乡人在菜园子里喜爱种植香蒜、小葱、豆角、西红柿、黄瓜等，各有所爱，但离不开种植辣椒。辣子是家乡人爱吃的菜，也是家乡人成年累月吃菜离不开的一种调味品，有干辣子、生辣子、油辣子、酸辣子等五花八门。每当桃花盛开的季节，辣椒花开旺盛，一朵朵洁白的花儿像喇叭，如碧天里的星星，串串锦簇，映衬着美丽的乡村。这时，有经验的老农，在黄昏抓几把灶灰，撒在辣椒叶上，防止萤火虫和地老虎偷吃嫩绿的叶子。在月光下，一朵朵洁白的辣椒花，像一只只白蝴蝶，如翡翠里的明珠，记忆着一个个童趣故事。

俗话说："五月五，过端午。"家乡的端午节又叫"尝新节"。每逢这天，嫁出去的姐姐便提着新鲜的辣椒、豆角、两只活蹦乱跳的鸭子回娘家。两个姐姐再加4个外甥，家里热闹极了。这天，邻居家的辣妹子跑过来凑热闹，辣妹子笑盈盈地喊了大姐二姐，一转身开始"尝新"了，她从菜篮子里抓了一个大辣椒，塞进嘴里嚼起来。那时，4个外甥瞪大眼睛哇一声唱道："辣妹子辣，不怕辣！"大姐却抚摸着她的头发，呵护着笑吟吟地说："辣妹子，生辣子少吃，小心肚子长蛔虫。""不！姐姐，哥哥教我，辣子吃得多才长得漂亮，还会唱歌。"

至于辣妹子，真名小英。记得她3岁的小时候，二婶喂她吃瘦肉丝，小英哇哇大哭，因为肉丝和着辣子，太辣，二婶赶紧用奶头堵住了小英哭闹。湖南农家的小孩，初尝辣子，都有这样的过程，娃儿哭，大人急，千万不能喝凉水，越喝越辣，只要辣过两分钟，满口清凉，三五天后，吃辣子不怕辣了。但二婶家里不同，在妯娌间，7个男娃，独小英一女，奶奶最疼爱这个小孙女，见不得她的哭声。小英第一次吃辣子怕辣后，二婶炒菜时小心翼翼，菜熟后，先给小英盛一小碗，再放辣子炆煮一会儿，小心防着小英怕辣又哭闹，生怕婆婆说长道短。

有人说，书是人类进步的阶梯，而我一句童真的玩笑，改变了小英怕辣的习惯。读小学二年级的小英喜欢看电视，碰巧那晚陪她一起看宋祖英唱《爱我中华》，美丽的宋祖英，诗情画意的歌声，酝酿着小英的一个梦想，爱美、唱歌之心油然而生。小英扯着我的衣襟问："哥哥，大姐姐为什么那样漂亮，还会唱歌啊？"我玩笑地说："吃辣子呗，吃辣子多才长得漂亮，嗓子才好，才会唱歌。"从那以后，小英不怕辣子。餐餐不离辣子，生的熟的辣子她总是抢着吃，生怕别人比她吃得多，比她长得漂亮，所以奶奶便取她外号辣妹子。

小英长大后，没有成为歌星，却成了乡中学一名优秀的音乐教师。也正是从辣妹子的故事开始，我才懂得什么是乡村文化，什么是乡音，什么是乡情。

（原载于《江门文艺》2009 年 6 月总第 445 期第 72 页）

故乡的桃子红了

远远思念你，六月的故乡，桃子红了。

远远走向你，我坐上乡镇公交车，向我童年成长的地方——洞口县樟木村驶去。我一路狂想，采撷桃子的情愫放大了人生旅程和故乡的风景，日落霞归时，挂在桃枝上的桃子像点燃的红灯笼，不需要华丽的词汇点缀，只要那熟悉的乡音，是我夏季最美的回忆。

生长在乡村的我，对桃树的情感深厚，从童音里清清朗朗品味一句："三月桃花，六月桃红。"它是孩子们最喜爱的两个季节，它是异乡诗人的轻歌漫语，它是我六月心灵的灯盏。

湘南人喜欢桃树，屋门前、鱼塘边、围子旁、山脚下种满桃树，只要充足的阳光雨露，就能蓬勃生长。它用芬芳的花朵引来蜜蜂歌唱、蝴蝶舞蹈，它用红艳艳的桃子呵护着童年的成长……那是我一生中最美好的时光。

湘南人喜欢桃树，六月桃子熟时，东边大娘一篮子，西屋李婶一篓子，它是邻里乡亲的和谐桃，它是我童年和青春的瞳仁，它是乡村人精神文明之树。

我喜欢桃树，因为它是湘南故乡的幸福屏风，它是和谐乡村建设的新走廊。

哦，童年吃桃子的甜美之河已悄悄决堤，下车后，我放快了脚步，因为母亲正端着洗净的红桃子，等我走进家门品尝。村庄门前，我眼前那一片红灯笼似的桃子，仿佛化作了邻里乡亲们一张张勤劳、善良的笑脸，笑得那样和谐、那样幸福。

（原载于《叶尔羌报》2007 年 6 月 15 日总第 1713 期第四版）

柿子山（外一篇）

　　一条小道迂回而上，一阵山风扑面而来，浓浓的乡情溢满了我对柿子山的思念。故乡的柿子山不高，山顶有一个 10 亩见方的活水湖，由山泉水汇聚而成，湖水清澈，与绿绿的山林相依，与轻柔的山风相伴，形成冬暖夏凉的境界。白鹭在这里落脚觅食，野鸭在这里栖息繁衍，抬头可见蜿蜒如龙气势磅礴的雪峰山脉，远眺发现一望无际的稻田隐没在天际，阳光射进来没有障碍，山风吹过来不必拐弯，为娇贵的柿子树营造了可爱的家园。

　　清明前柿子开花，花黄白色，芳香四溢，蒙蒙细雨在椭圆形叶子或花蕊上汇成雨滴。滴在手掌上，芳香由鼻孔渗透肺叶；滴进嘴里，芳香融入血液。那股芳香一直浸润着我思乡的情结。活水湖旁有一个 20 户人家的小山村，远离了城市的纷乱，没有汽车喇叭的喧哗，只有鸟儿在头顶上唱歌，山花儿在身旁悄悄绽放，柿子山成为我童年的乐园。

中秋后柿子成熟，红艳艳的如小碗口般大，有的两个1斤，有的1个三四两。一个个挂在枝头上的柿子沉甸甸颇为馋人，我总像猴子一样爬上柿子树，摘下一个解馋，甜里夹着涩味儿。这时姐姐便告诉我，刚采下的柿子不能吃，在陶缸底部放一层风干的枞树叶，一层柿子一层枞树叶，密封放地窖7至10天，表面形成一层白霜，味道很甜，可以入药，治喉痛、咳嗽等，是老人和孩子们爱吃的美食。柿子成熟的季节，果贩便走进小山村讨价还价，1元5角1个，我全买啦！而市场价最低2元1个，农民为了早日拿到现钱，只好让果贩们宰割……

转眼我离开故乡已12年了，久违了故乡柿子的美味和柿子山的风光，那种浓浓的故乡情结总在我的记忆中挥之不去。每年柿子成熟后，母亲便在电话里说："丁儿，今冬一定回家。母亲给你窖了一陶缸柿子，等着你回家吃呢！"每次听到这些话，溢满乡情的泪水汨汨而下。是啊，故乡的柿子山阳光射进来没有障碍，山风吹过来不必拐弯，浓浓的乡情永远不会变味。

秋天回乡脚步匆匆

秋夜，鼾声四起。明月下的家乡，秋风吹来，苞谷和高粱迎风摇动，一种超凡脱俗的田园夜色，弥漫蟋蟀的音乐，一股成熟的气息瞬间陶冶我的身心……

最后的晨星，恍若点点萤火在晨雾中化作雾水，装扮着薯藤上粉红的喇叭花。朝霞披彩，日照山峦，山坡上最美的风景，是冒出土地的红薯，它们手牵着手，从坡上到坡下，形成风的姿势。它们在不同的地区称为番薯、山芋、地瓜、红苕等，除供食用外，可以制糖和酒精。家乡人喜欢把它煮熟后晒成红薯片，是逗乐孩子们的美食；或把它生切后晒成红薯米，是养猪最好的饲料。

田野里，打谷机的轰鸣变成丰收的号子，看着那些金黄的谷子，母亲辛勤收割的汗水从发际淌到脚尖，吟咏着劳动者的坚定和想象，引导我一生的追求和渴望。母亲的脊背扛起庄稼的繁荣，扛起我们一家6口人的生活，把儿女的成长演绎成一首歌，阳光下闪烁的缕缕白发，变成我日夜的牵挂，啊！秋天回乡脚步匆匆。

田埂弯弯，石板路锃亮，映衬着美的乡村。秋收的季节，母亲的裤脚高过膝盖，打谷、挑谷、筛谷、晒谷，母亲欢快地忙碌着，从天亮到天黑，从日上到灯熄，周而复始。母亲瘦成月牙的身子不再挺拔，把生活的苦与痛流进我诗歌的血液里，静静谛听母亲的呼唤，秋天回乡脚步匆匆。

（原载于《江门文艺》2008年4月下半月刊总第417期第75页）

茶山童话

春阳和煦，摇曳的枝头绿意点点，老屋后的茶山新芽最早驻立枝尖，簇簇拥拥像仪仗队。绿色蔓延，山明朗起来了，溪水唱起来了，春风轻拂，绿意蔓延，各种鸟儿像赶趟儿，飞向田野。

一树树芽尖缓缓舒展，野花芳香，情思灵动，延伸了我童年的梦想。我的故乡石柱镇青山村，坐落在雪峰山脚下，美丽的青山江潆洄其间，江畔土地肥沃，庄稼富饶，丘陵起伏，风景如画。

茶山脚下，有一口千古流芳的温井，清澈的井水滋润了这片土地，养育了村民，滋润了母亲的百岁容颜。冬春两季，温井上水雾缭绕，沿着水流飘逸，美丽神秘。温井外史，是母亲讲给我听的第一个故事。

乾隆年间，青山江畔大旱灾，庄稼枯死，牲畜找不到水源。青山村人们到几里外的塘冲（现在的龙江水库水源头之一）挑水过日子，千百人排队挑水，眼看塘冲的水源就要干涸。村民求雨，望眼欲穿，8个月，老天不降一滴雨露……

那天正午，在虬枝苍翠的古松下，一个80多岁的老奶奶因为缺水晕倒了，气息奄奄。秋梅正好挑水路过，顿生怜悯之情，把一家人准备做晚饭的水，一小勺一小勺喂给老奶奶喝。一会儿，老奶奶缓缓睁开双眼，她慈爱地说："谢谢你，我沿途讨水十里，没有人施给我一口水，今天我碰上大善人了！"

秋梅回话说："奶奶，不用谢，您是哪里人？我是坡上楠木山人，有水大家喝，多走一些路程罢了！""哦，你家离这里的龙头不算远！"说罢，老奶奶站立，银发无风自动，把龙拐往地上用力一戳，叮当一声，古松下喷出一股清亮的井水。秋梅见状，兴奋地跪下去大口喝水，大喊"有水了！有水了！"转身欲谢老奶奶，已不在身边，只见一朵光芒四射的莲花托起一个白衣女菩萨，升天而去。一群白鹭，正从远方飞来。

这支井水，有4个龙骨车的水流，冬暖夏凉，人们取名温井。从此，楠木山和温井院子的人们丰衣足食，白鹭成为吉祥鸟。青山村的孩子们，伴随着母亲讲的第一个故事，养成一颗善良的心。

温井之水冬春两季冒着热气，有花的芳香，有山泉的甘甜，滋润了老屋后的茶叶嫩芽。早晨，采茶姑娘唱着山歌，十指如飞，掐断了嫩芽，流淌着缕缕清香。春雨绵绵，我喜爱躲在大姐和二姐的塑料雨衣后，聆听嘀嗒雨声。

1978 年，辛苦采 1 斤茶叶只有 2 毛钱，但很珍贵。大姐和二姐春夏采茶攒钱，把大部分钱交给母亲补贴家用，留下小撮私房钱，买针线和化妆品。大姐喜欢买毛线，在毛衣上编织花朵、鸟兽图案，惹人喜爱。二姐喜欢买百雀羚，涂在脸上和手背上，香气宜人，我很羡慕。

那天早晨，二姐烧火做饭时，水缸没水，她去温井挑水，我趁机拧开百雀羚的铁盒盖，用食指插入雪白的香膏中，挖了一大坨雪白的香膏，涂在脸上和手背上。我兴高采烈地走出房间，到处飘逸着百雀羚香。刚想出门炫耀一下，迎面碰上二姐挑水回来，嗅到我身上浓浓的百雀羚香。二姐放下水桶，急忙走进房里寻找自己的百雀羚，发现中间被挖了一大块，一个指痕深入盒底，气得跺脚大哭，拿着一根柳条追我满屋跑……从那以后，我再也没有涂过二姐的百雀羚。

在深圳工作后，每逢春天，让我时常忆起 1978 年的百雀羚，不忘寄给大姐和二姐一些化妆品。初夏，大姐和二姐回寄给我几斤青山云雾茶、农家腊肉、猪血丸子。在繁华的都市，品尝故乡的云雾茶，让我嗅到了久违的芳香。一杯绿茶，一杯亲情。

（原载于 2022 年 3 月 25 日《邵阳日报》第 6 版《神滩晚读》栏目）

金色的回忆

　　山里的孩子喜欢唱："山里的孩子心爱山，山里有我的好家园！"我家住在黄泥江畔，江水清澈见底，哺育了江畔上的人民，江两岸的梯田哟，阡陌纵横。春天，金黄的油菜花开时，春风起伏，金浪翻滚，阡陌小路上留下了我和小妹丹丹的足迹。

　　12岁的小妹，聪明可爱，有百灵鸟般的嗓子，和小妹在一起的日子里，我没有忧愁。而我母亲见到天使般快活的丹丹就爱说："丹丹长大了，做表哥的媳妇。"小妹总会腼腆一笑。3月，阳光明媚，油菜花金浪翻滚，小妹总爱穿粉红色的连衣裙，轻盈地穿梭在油菜花丛中。蝴蝶在翩跹起舞，蜜蜂在欢乐地歌唱，小妹应和着唱道："黄泥江的水清又清，风吹油菜花香两岸……"随着那美丽动听的歌声，小妹放飞了童年的风筝，我们追逐嬉戏在阡陌之间。

　　在我高兴的时候，也爱学母亲的话逗小妹说："小妹，长大了，做哥哥的新娘！"

小妹总会饱含深情地说："哥，我才不，我要永远做油菜花公主。"然后，跑到油菜花对面清脆地吟唱："采花的蝴蝶成双对，黄泥江的水清又甜……"

今秋，我已在南疆度过了10个春秋，小妹已芳龄二十。我们月月通信，240封信翻越万水千山，倾诉着3650个日子的牵挂和相思，剪不断的情愫滋润了我们的心田。在南疆的岁月，小妹的叮咛和嘱咐，激励我不怕艰难险阻，阔步前进。"爱"字虽然不能吃喝，但在困难面前，总有小妹的一双手，与我同舟共济，共渡难关。有了爱，再苦再累都觉甜。在奔向小康社会的召唤中，在生机勃勃的春天里，溢满了我金色的回忆。那金色的浪涛，放飞了我和小妹比翼双飞的风筝，飞奔远方，沿着阳光的通道，憧憬未来。

（原载于《江门文艺》2005年9月上半月刊第81页）

童年的秋天

童年的四季在梦里且行且驻，唯独秋成为一种财富珍藏在我记忆的深处。

秋天，瓜果遍地，大街上摆满蜜橘、梨子、野山桃、柿子，望而生津。每天放学回家，我和院子里的小伙伴们，一阵小跑，走进果农采撷后的蜜橘园或梨园，在一片密密麻麻的叶子间找到一个蜜橘，在一棵梨树顶上摘下一个梨子，乐趣无穷。晚上写作业时，品尝着自己捡来的果子，幸福填满童真的心灵。

在我的家乡石柱镇，农家有三灶，大灶烤米酒，中灶煮猪食，小灶做饭炒菜。每天晚上，老人和孩子们爱在柴火火灰中烤红薯，特别注意火灰不能过旺，以免把红薯烧成焦炭。如果火灰过旺，先在红薯上盖一层厚厚的冷灰，就像电视里看到的烤"叫花子鸡一样"，再盖上旺的火灰，烤熟的红薯别具风味，又甜又香。第二天早上，孩子们赶趟儿，在灶灰下挖烤熟的红薯，剥开一层焦皮，香喷喷的，放进嘴里甜津津的，是农家孩子最美的早餐。也许农村长大的孩子，离不开树上的桃子和自烤的红薯，现在回想起来，仍然乐趣无穷。

最难忘的是秋夜，在稻草堆里捉迷藏，有说不完的快乐。萤火照亮田野，蛙声合唱，一个个稻草堆，一个个稻草人，成为孩子们捉迷藏的百宝箱。三五成群的孩子们，或3人一组，或5人一组，以石头剪刀布分输赢，决定第一次游戏的找组和藏组。喊一声"躲躲"！找组的伙伴们先用双手蒙住自己的眼睛；藏组的伙伴们，游走隐蔽在一个个稻草人间，或隐藏在稻草堆的中间，或隐伏在田埂之间。蛙声伴奏助兴，萤火提着灯笼引路，找组的伙伴们唱着："找呀找，找到一个朋友！"多么欢乐！秋夜的田野变成孩子们的乐园。

在童年，秋是快乐的，醉人的，温馨的，我总不相信秋是一个衰败没乐的季节。如今，我身在都市，在梦里一次次回到乡村的秋夜，欢乐的童年经常唤醒我的乡思。

（原载于《邵阳晚报》2019 年 10 月 17 日第 6 版《神滩晚读》栏目）

难忘乡村电影

我的童年，在 20 世纪 70 年代末 80 年代初。乡村人聚集在村小学的操场上，或在生产队的晒谷场上看电影，夏天拿蒲扇，冬天带火箱，男女老少们，像一场大的赶集，是农民和孩子们最快乐的事了。那时候，记忆最深的电影有：《洪湖赤卫队》《江姐》《地道战》《上甘岭》《武当》《神秘的大佛》《少林寺弟子》等，是烙在脑子的记忆。时光如水淹没了逝去的岁月，童年的欢乐却深深刻在我写作的笔尖上，生成了诗歌和散文的眼睛，缠缠绵绵。

大约我三四岁的时候，每逢村里放电影，在日落前，二姐和二哥忙着扛板凳，占好前面的位置。那时候的我喜欢凑热闹，每场必去，往往看不完一部电影就睡觉了，大姐和二姐轮流抱着我，电影散场又背着我回家。二哥就不同了，他比我大 2 岁，瞌睡来了，像打盹的公鸡一样。二哥睡不香，因为二姐怕多一个累赘，叨唠着说："益主，想睡觉，下次不带你来看电影了。"二哥只有乖乖听二姐的话。电影散场，二姐扛板凳，还牵着睡眼惺忪的二哥。一路上有点着火把的，有提着马灯的，有亮着手电筒的，像红军夜行军。

7岁的时候，我在村小读书。每逢村里放电影，放学后，我尽早去放映场占位置，和村里的同学们、邻村的朋友们吹牛聊天。给路远的同学或村外的朋友准备一根小板凳，让一个座位，那是最好的礼节。

8岁的时候，樟木村修了人民大会场，看电影不用扛板凳了。人民大会场在我们院子后面的土坡上，坡上有6棵古枫树和12棵古樟树，葱葱郁郁，四季喷香。

10岁的时候，放学回家匆忙写完作业，晚上跨村看电影。去得最多的是邻村柳双铺。柳双铺放电影，集中在柳江小学的操场上，从大门进去，右边是鹅卵石和土砖围墙，围墙后是公路，直到我家门口，所以看电影胆子大了。左边是大会场，前面是柳江小学教学楼。在这里看电影，下雨可以躲雨，冬天刮风可以挡风。在那个刮风的晚上，柳双铺放映《画皮》这部电影，让人心惊胆寒！人生第一次看到了鬼的画面和幻影！电影散场，和院子里的大人们一起回家，小跑着走在前面，夹在大人们中间，背脊隐隐发寒。从那以后，我再也不敢跨村看电影了。

哇！乡村电影带给我童年的欢乐，天真、纯洁、友谊。

（原载于《邵阳晚报》2019年10月22日第6版《神滩晚读》）

心窝上的花朵

聆听母亲走深圳的声音

聆听母亲第一次走深圳的声音，酸酸的味道在眼里滚动泪珠。

78 岁的母亲，从湖南洞口县坐大巴到深圳，只为看我找到的媳妇和曾孙。车行 80 里至隆回，晕车和呕吐，让母亲瘦弱的身体笼罩着一层阴影。大巴司机是外甥顺中的朋友，大姐从中好说，途中找了一家乡村诊所，稍歇约 30 分钟，吃了晕车药，吹吹外面清新的空气，母亲晕车的疲惫缓缓平息。同车的乡亲，劝说母亲回家，大姐也劝说母亲租车返回，一车人牵挂着母亲的安康！而母亲坚持要来深圳……

呵！ 2000 里路，2000 里深情，四代人的情结被母亲的思念凝结成感动的泪珠，滴成键盘上的诗歌韵脚，母亲的双脚踩弯了田埂，流淌着弯弯的忧伤，一根根银发是对儿女深情的牵挂，一条条皱纹是对我乳名般的呼唤，点点滴滴唤醒乡思，忽远忽近的汽笛，引领母亲的声音越走越近……

迎接母亲，我们一起张罗。大哥在理发，想让母亲看到容光焕发的样子。二哥忙着给母亲准备换洗的衣服、日用品、床上铺好崭新的毛毯和鸭绒被。我忙着打电话，从顺中那里多了解一些母亲旅途的情况，清远、广州、东莞、松岗，一路问到深圳。

到了南山汽车站，小车直达 39 号大院。二哥扶着母亲下车，侄儿瑞涛喊声"奶奶"，母亲布满皱纹的脸上有了开心的笑，眼睛上下打量说："长高了，长高了，和你爸一样高了！"我指着女友介绍："小芳，这是我的母亲。"小芳略带羞涩地喊："妈妈！"母亲睁大了眼睛说："好！好！比艺丁个子高。"

瑞涛扶着奶奶一起上楼梯，我们提着母亲带来的 6 个袋子，里面装着母亲养的鸡、鸭、萝卜干、红薯片、晒干的豆角……

宴请母亲，大嫂、二嫂张罗一桌饭菜，有母亲喜欢吃的颗粒橙、花生牛奶，有海虾、鸡翅、排骨汤……给母亲盛饭、夹菜，是乡村的习俗。此时，母亲千里疲倦的面容舒展了，笑容里充满幸福的滋味。

清早起来看母亲，她睡得很香，慈祥的脸庞带着笑容。二哥拉着我走出门外悄悄地说，母亲和大哥、二哥叨唠了一夜。母亲讲，离家时大门安装了一把新锁，安锁的师傅是你的朋友，不肯收工钱；邻居大叔家又建 4 层新楼房，石灰场和水库边的地皮被外村人买了，艺丁公路边的那块地基趁早建一座新房。还有寄在邻居家的猫现在怎么样了？家里带来的那只乌龟会不会夜里爬走……

　　与二哥交谈，仿佛母亲的话就在耳边回响。为了我们四代人的幸福，守着故土，守着寂寞，守着思念，母亲的身躯不再挺拔，78 年的酸甜苦辣，在我的眼里凝结成滚动的泪珠。

　　早饭后，母亲急着见曾孙。大嫂和母亲一路说笑，我在后面欣赏做曾祖母的美滋味，母亲上了去下沙的公交车，她的背影伴随汽笛远去。

　　2 月 5 日，二嫂和瑞涛送母亲回家，我和二哥送到南山汽车站。

　　送别母亲恋恋不舍，母亲的叮咛反复回畅，乡音亲切，引领我无数次梦里走进故乡的青山江畔，灵感升华，记忆时常被城市的春风唤醒，是母亲的教导，引我从农村走向城市，是中国电信照亮了我的美好人生。

　　母亲上车后让我牵挂，二嫂和瑞涛手机关机让我担心……第二天早上 9 点，盼来了瑞涛的电话，他说：奶奶上车后 2 个小时有晕车、小呕吐，换了一个靠窗的座位就好了。得知母亲平安到家，心情舒畅。2014 年 2 月 9 日，家乡洞口县下雪了。意象里的母亲，也许想早点回家看第一场雪。呵，我的老母亲，是谁把银色的笔放进我的梦里，当思乡的阳光照亮名叫栏木山的小村庄，满屋檐的冰锥儿在阳光下叮当作响，是母亲思儿的泪水。

　　（原载于《邵阳晚报》2022 年 1 月 29 日第 6 版《神滩晚读》栏目）

母爱深深爱不停息

一、没有康乃馨的母亲

唐宋八大家之一曾巩赶考落榜回家，愁眉苦脸，是母亲的微笑鼓励他振作精神，发奋读书，终于在宋仁宗嘉祐二年考取进士，成为名士。母亲希望儿女成龙成凤，儿女应感恩一生。

我的母亲很平凡，在村里的小学只读过一年书，只会讲洞口县的土话，外乡话和普通话在她的心里只是一个神话。平凡得只知道田里的稻谷熟了，地里的红薯熟了，年复一年，月累一月，不停地劳作。

我的母亲很普通，经常忘记自己的生日，70 岁的年龄，却不知道康乃馨的色调。如今，我在南疆已整整 13 年了，每年暑假和春节前后，母亲总要侄儿侄女代笔写信，叙说着内心的期望和故乡的消息，儿时的红茶山变成大型红砖厂，村里谁家又建新房，县里通火车了，乡里有水泥公路了……每次醒来，手里紧握着母亲的来信，也许只有今天我才知道母亲的话语是人间最真最美的语言。

站在 5 月的鲜花前，仰望一群白鸽在天空飞翔，我含泪的思念，母亲就是一枝美丽的康乃馨，为了儿孙不辞千辛万苦，一代接一代的默默奉献，祝福母亲身体健康，孩儿今年一定回家过年。

（原载于《江门文艺》2008 年 10 月总第 428 期第 27 页）

二、妈妈手搓的红茶

春天来了，妈妈寄来了第 8 袋故乡的红茶。打开塑料包装袋，清香扑鼻，这是妈妈亲手搓的红茶，上面放着一张 8 年来一样的叮咛："儿啊，这是妈妈亲手搓的红茶，喝了它，你会想起故乡的红茶坡，赶走夏天的炎热；喝了它，陶冶红茶一样平静的性格，希望你好好工作，常回家看看。"

5 岁那年，妈妈带着我在红茶坡采春茶。春风起伏，碧波荡漾，时而传来采茶姑娘的山歌，那时的我真像个快乐的天使，随着歌声飞奔在绿意阡陌间，感受童年的无忧和欢乐，感受春与大自然的美好。

在南疆 10 年，当我心情愉快的时候，喝了红茶，敲响我心灵的门扉，诗意飞翔，唤起我对美好生活的向往和追求。在我烦恼失意的时候，喝了红茶，耳边又响起妈妈的叮咛，一股火红上进的力量融化了烦恼，走进叶尔羌河畔，感恩牛羊的呼唤，从困境中崛起。在我写作思考的时候，喝了红茶，一种至善至真的灵感浮现脑际，让我撰写人生和生命的新篇章。

每当与朋友闲时一起喝红茶，我们天南地北畅谈人生，我把故乡的红茶坡说成神仙出没的美好地方。

（原载于《江门文艺》2008年1月下半月刊总第411期第51页）

三、2005年冬天的布鞋

逢年过节和母亲过生日，哥姐为母亲送去一片孝心，有新衣新鞋、滋补品、农村风俗里的猪大腿，半边臀尖肉。每到此时，我心中泛起一股酸楚，有泪水模糊的感觉。

父亲死的那年，家债万元，我只有5岁，母亲才38岁，一个人含辛茹苦地拉扯我们兄弟姐妹5个长大成人，两个哥哥结婚，两个姐姐出嫁，侄儿外甥成长，母亲一辈子忙忙碌碌。如今，大侄儿和外甥都上本科大学，小侄女玲慧在深圳读大学，而大侄女高中毕业后在深圳打工，母亲爱在电话里唠叨她的婚事，说："春红，今年22岁了，该找对象了，我叫二嫂帮你找个合意的。"春红申辩说："奶奶，分心？哥哥和弟妹都上大学，我要一边打工一边学习电脑，读成人函授大学，今后有了好工作，不怕找不到如意郎。"母亲无可奈何，心里却暗自高兴，因为孙儿们都有志气，有出息。

2005 年冬天，母亲又给我寄来一双崭新的布鞋，喜洋洋的我想马上穿在脚上，拿出里面一双毛袜子，嗨！还有一封信，是侄儿小欢欢的笔迹，信里说，1 月 20 日傍晚，一只 80 余斤的疯狗突然从门缝蹿入，直扑向写作业的小欢欢，正在洗碗的奶奶赤手挡住了疯狗，展开一场惊心的搏斗，与闻讯赶来的邻居一起，十几分钟才将疯狗打死，小欢欢安然无恙，而奶奶的双手流血，留下了 12 个狗齿印，治疗费花了 600 余元，痊愈后左手脱了一层皮……

读完后，泪水缓缓而下，穿上母亲手缝的布鞋，温暖涌上心田，一股生命阳光引领我飞翔，飞向故乡。

（原载于《江门文艺》2008 年 10 月总第 428 期第 77 页）

四、回望母亲的足迹

母亲是湖南洞口县杨林冲一个草药郎中的女儿，在七姐妹中排行第三，与父亲结婚后，在爷爷的祖屋里生下了我的大哥和两个姐姐，移民楠木山又生下二哥和我。我 5 岁那年，祸不单行，爷爷和父亲相继去世，母亲一手抚养着我们兄姐 5 人，相依为命。那些年，每逢生产队割草积肥，天蒙蒙亮，母亲只身赶往 10 里外的雪峰山，每天割草 140 多斤，一天多挣 4 个工分，她盼着秋后多分一些谷子……不管母亲多么勤俭持家，在生产队里兼干几份活，也改变不了我家在楠木山最贫困的窘况。

农村实行承包责任制后，大哥外出搞副业，两个姐姐帮助母亲种田，家境日渐好起来。记得那个夏天的晚上，我陪母亲在责任田放水，突然传来几声鹅叫，"啪啪啪"的碎步声越来越近，十几只初长翅膀的鹅抵达我的眼前。我的脑中闪过一个念头，兴奋地对母亲说："母亲，我去抓两只鹅，拿回家好好吃一顿。"母亲听后，责怪我说："丁儿，在你父亲刚刚去世那么苦的日子里，我们家吃了上顿没下顿，我从来没有想过去偷别人家的东西，今天全家人能够有饭吃，日子也好起来了，我的儿子却想偷别人的鹅来吃大餐，那么，母亲含辛茹苦地养大你又有什么用呢？"每当回忆起母亲深切的教诲，这种高尚的品格永存我的内心。

改革开放后，两个哥哥在深圳市打拼。大哥靠一身好手艺，在城建基础工程中做了小工头，二哥靠一张退伍证和敏捷的身手，在深圳市当了一名平凡的保安人员，退役不褪色，把一身正气默默无闻地奉献在深圳特区。

而我在南疆已工作 11 年，在塔克拉玛干沙漠边缘，沿着人拉犁铧的图腾和"绿洲人"永恒的意志，胡杨精神激励着我追求美好人生，陶冶雪山般冷静的性格，工作和写作成果蒸蒸日上。70 多岁的母亲已白发染双鬓，你那慈祥的容颜总在我眼前晃动。此时，回望母亲的足迹，我才读懂母爱至真至深而伟大。

（原载于《江门文艺》2006 年 9 月下半月刊总第 379 期第 84 页）

山门镇的早晨

呵，多美的山门镇的早晨啊！一幅唯美的故乡画卷，时刻萦绕在我的内心，召唤我沿着阳光的通道前进，为开创美好的未来自强不息。

在湖南洞口县的雪峰山脚下，人称"世外桃源"的山门镇，黄泥江水清澈潆洄其间，镇中心的黄泥江大桥，桥下四墩，盛传藏着四把斩龙刀。相传大禹治水那年，一条下凡的青龙，在黄泥江兴风作浪，一朝洪水，冲垮了山门镇一带72座瓦房，死伤36人，牲畜无数。危害生灵的青龙被南岳大神用斩龙刀降伏，因禁于黄泥江源头的燕岩山上的黑风洞内，让它永世忏悔。从此，山门镇千秋万代风调雨顺。

山门镇的早晨是恬静的。春天，江两岸的柳林葱翠、柳条起舞、柳叶歌唱，桃花、梨花、油菜花争奇斗妍，芳菲透肺。沿着江两岸踱步，江水清澈透明，犹如一条闪烁银光的碧玉带子，还有那些晨游的鸭群、鹅群显得格外醒目，有的游泳、有的在水上奔跑、有的歌唱、有的觅食，在江面上荡漾着诗情画意。

山门镇的早晨是热闹的。在大街上，路宽、人多。南面有蔬菜市场，北面有里仁农贸市场。市场里摆满了各种各样的土特产，那刚从地里挑来的小白菜、韭菜、葱苗，还带着晶莹的露珠，鲜嫩嫩的。那刚从鱼塘里捕来的鲤鱼、草鱼、鲫鱼……又蹦又跳，水灵灵的。此外，还有羊肉、牛肉、猪肉、兔肉……真叫人目不暇接。一张张纯朴的笑脸，向顾客诉说产品的鲜活肥美。

山门镇的早晨景美人勤。住在旅馆的游客早早起来，去南岳分殿祷告，去蔡锷纪念馆膜拜，去里仁公园晨练健身。三条路上，豆浆、馄饨、饺子、拉面、早茶，热气腾腾，香气四溢，吸引住了许多过往的游人。西面的工业区移动着一条彩色的人流，那是去工厂上班的小姑娘和小伙子们，他们衣着鲜艳，步履轻盈。这里有山门镇的五金厂、铰链厂、电力公司、百货大夏、服装厂、邮电局。朝阳升起，山门镇通往洞口县城、水东乡、石柱乡、花桥乡、桐山乡、大步乡，6 条水泥大道的汽车喇叭声、铃声、人声鼎沸。

（原载于《江门文艺》2006 年 7 月下半月刊总第 375 期第 85 页）

那片橙色的橘林

我的童年是美好的，因为我是母亲5个儿女中最小的儿子，我怀念童年，怀念家乡那片橙色的橘林。

4月，满山坡橘子花开。蜜蜂歌唱，蝴蝶舞蹈，和风送爽，三里飘香。落花的时候，橘林像下了一场雪，满地银白，芳香四溢。

8月，是橘子生长旺盛的季节，梅子大小的绿橘多可爱，一串串悬在枝头，一颗颗藏在叶间，好像一个个活泼可爱的小娃娃，微风轻吹，在枝丫上荡起秋千。有时候，我躲开看橘林的大伯偷摘一颗解馋。小瓣品味，被酸得龇牙咧嘴，一边吃一边嚷："酸死啦！"希望橘子早日成熟。

晚稻成熟的时候，满山坡橘子已经熟透，橘子由绿色变成橙色，由酸味变成琼浆。这时看橘林的大伯看得很紧，只有采撷后的橘林才成为孩子们的乐园。放学后，我们三五一群跑进了橘林，采撷民工漏摘的橘子。只要你站在橘子树下，往叶密的枝头擦亮眼睛，在橙色光亮的叶片里必藏有橘子；有经验的人，用双手摇摆橘树，先用耳听，有橘子的枝头，好像有重物下坠的声音；再用眼看，晃荡时间长的枝头，必有漏摘的橘子。每次捡摘一个橘子，我总爱放在鼻前一闻，呀！真香，真甜。一个小时有十几个橘子，让书包装满沉甸甸的果实。在回家的路上，剥开一个橘子一瓣瓣品尝，美滋滋的，舒服极了。回家后，把橘子分给母亲和哥姐们，一颗童心，被染得甜蜜欢乐。

啊！家乡那片橙色的橘林带给我童年的欢乐，常常带着橘子的芳香，飘过我的梦里，拷贝出我在南疆写诗的意境，谱成一支支欢乐的歌，一行行喜人的铅字，一串串跳动的音符，催我早日回家。

（原载于《江门文艺》2007年3月下半月刊总第391期第75页）

是谁呵护着那个孩子王

　　乡下的孩子真多，童年真快乐，因为我是家中的孩子王。

　　两三岁的时候，拖着妈妈那双大鞋，天真无邪，像划船，希冀自己早日成长，做爸爸一样的男子汉。

　　四五岁的时候，和哥哥同睡一张床，穿错了鞋，哥哥光着脚找鞋，找到了我，也找到了哥哥的鞋，而我却不饶人，硬要哥哥拿鞋来换。

　　六七岁的时候，我喜欢贪玩。滑进泥泞，鞋脏了，踩入水沟，鞋湿了，跑回家换了哥哥的鞋，绑紧鞋带，又跑到外面去野了。

　　欢乐的童年，在妈妈的呵护中成长，在哥哥的礼让中高贵。渐渐长大，爱美之心油然而生。

　　初一那年，哥哥已停学在家，学会了钉竹篓的手艺，一天能挣十几元钱，休闲时穿西装皮鞋，哥哥的身材伟岸了。无聊时心想，如果我穿皮鞋，哥哥穿平底鞋，我们一样高的个儿。那个星期三，机会终于来了，哥哥天亮后早上班，擦得发亮的皮鞋整齐地摆在床边，我果断地穿上皮鞋上学了。

这一天，心情真好，同学们看着穿皮鞋的我纷纷议论，有的赞美，有的羡慕。放学回家，脱下皮鞋整齐地摆在床边。当晚，哥哥仔细擦干净皮鞋上的灰尘，打油后光鲜如新。星期四早晨，哥哥又提前上班，我又穿皮鞋上学了。

星期天，我和哥哥上街，他给我买了一件珍贵的礼物，一双崭新的皮鞋，人生的第一次贪欲在哥哥的呵护中得到了满足。

改革开放后，哥哥在深圳工作，在家里建了一座漂亮的新房，又在惠东大亚湾买了商品房，日子过得红红火火。如今，我悟懂了一个道理："只有学会一技之长，用勤劳的双手去顽强拼搏，才会创造美好闪光的人生，才可以实现自己的每一个愿望和目标。"

（原载于《图木舒克晨读》总第 2119 期第四版）

难忘外婆相送一里外

外婆牵着我的手走在稻花飘香的田埂上，妈妈跟在后面和外婆唠叨不休，到了一里外的杨林冲塘坎边，是分手的时候，外婆松开手，递给我一个用麻线捆好的纸包说："孙子，和妈妈在路上吃。"又伸手从旧土布裤袋中拿出一个红纸小包说："孙子，这个外婆给你买作业本，回家努力读书。"

妈妈搭话说："丁儿，外婆70多岁了，挣不到钱，把钱留给外婆用。"但是，妈妈总拗不过外婆。

每次到外婆家做客，习惯了外婆的礼物，纸包里面是最后一顿饭煮熟的鸡腿，或鸭腿、瘦肉块，红纸包着1毛、2毛、5毛凑在一起的，大约1块5毛，1块8毛，这是外婆卖鸡蛋攒下的钱，她自己舍不得用，却把希望播种在孙子身上。

我和妈妈走过杨林冲那段塘坎，妈妈回头含泪说："妈妈，你回去吧！"

外婆站在塘坎那边哽咽着说："秋梅、孙子，你们一路走好！"

又走了一段小路，要过一片丘陵，我和妈妈再回头，外婆已站在塘坎边高高的田埂上，左手如弓，放在额前，向我和妈妈走过的方向眺望着，时而用右手擦眼泪。

如今，外婆已去世 14 年了，留给我童年的欢乐和美好回忆。

我在家中最小，每次妈妈回家必带着我。一路上，妈妈常说："外婆已 70 多岁了，鹤发童颜，神采奕奕，每天来往穿梭在 3 个舅舅家帮忙切猪草，烧火喂猪，洗碗扫地，含辛茹苦地养大了我们 7 个姐妹，双手带大了 1 个孙子和 7 个孙女，她勤劳辛苦了一生，把全部的爱奉献给子孙们……"

外婆劳累了一生，死而后已。难忘外婆送客一里外的深情，那双粗糙布满老茧的双手融和着无限的慈爱。

（原载于《图木舒克晨读》总第 2104 期第四版）

坟是思念

坟是思念，亲人在里头，我在外头。

每逢清明节前，刘氏宗亲由四叔牵头，每户按男丁人头筹集祭祀钱，每人 20 元，有做官或从商者也交 100 元不等，用作买纸钱、火药、响铳、三牲祭品、吃宗族团圆饭。扫墓，就是让子孙们牢记祖宗的坟，牢记祭祀祖先！

清明时节雨纷纷。天刚蒙蒙亮就聚集了扫墓的人们，有背着孩子的，有儿童和拄着拐杖的老爷爷，少则几十人，多则逾百人，走在丘陵小径上，像古氏族的仪仗，心灵里幻出许多联想！每到一个亲魂坟前，青壮男子率先铲掉坟头草，焚香祈祷，放两排响铳，以示热闹和子孙旺盛。刚祭祀完的祖坟上，居然"旌旗招展"纸灰飞扬，展示清明的画面。所以我就从小懂得血缘、亲人与坟的关系，不再为某个坟的传说害怕，增添一种莫名的亲切！

父亲去世，葬在楠木山后的古樟旁，离爷爷的坟只隔一个土包，每年初夏秋冬，我们兄弟 3 人轮流添几把新土，把月月年年的思念堆高。而母亲信佛，膜拜观音，逢节过年，或者鸡鸭鱼上桌，都要先祭父亲的灵牌，口中念念有词，祈求父亲在天之灵保佑："儿女平安健康，孙儿孙女考上大学！"母亲喜欢对第三代说："你爷爷在世常说，万般皆下品，唯有读书高。"鼓励他们勤奋读书。至于光宗耀祖的喜事接连不断，大侄儿丰友衡阳师大毕业后，已去欧洲留学；侄女玲慧大学毕业后，已在深圳工作了；外甥李振正在读本科。乡村人开始议论纷纷：有人说，父亲葬了一块风水宝地，子孙有天助地助，才有出息；有人说，母亲勤苦善良一生，信佛膜拜观音，菩萨显灵，才得保佑孙子走好运……

也许我们祭拜父亲，父亲也在另一个世界祝福我们！也许是母亲 38 岁开始守寡，含辛茹苦抚养着 6 个孙子，两个孙女长大，这种至诚至真的爱，升华为一种精神，感动和鼓励着孙子们发奋读书，立志成长，这就是对母亲感恩的最好回报。

哦，坟是思念，父亲在里头，我们在外头。

（原载于《江门文艺》2009 年 6 月总第 445 期第 72 至 73 页）

炼狱沉浮录

死刑犯诗人的生活和爱情

4月狱园，阳光明媚，柳树相映成趣，杏桃相得益彰，几只白兰鸽往复飞翔在育新亭和静心亭之间，点缀着一片诗情画意。此时，我站在铁窗前，思绪与窗外的柳絮一起飘飞，雪花般的喻象牵引着我的灵感，一首《柳絮飞》诗歌如潮水般奔涌而来：柳絮飞，飞着雪花般的记忆／飞着我对故乡的思念／几声鸽哨啄噬着我的肉体和灵魂／故乡在怀想的一封家信里缓缓展开／乡愁流淌，思念涨潮……

铁门哐啷切断了意象的链条，丁宏通监区长走进了教研室，他身材高大，笑容和蔼，手里拿着一本新杂志，笑吟吟地说："江飞，《那片橙色的橘林》刊在《江门文艺》2007年3月391期。"

我欣喜地接过《江门文艺》，感激地望着丁监区长，不知说什么好，他是我转监到某监狱改造的第一个教育管教，为我义务送信递报已经11年了，风里来雨里去，只要有我的信或刊稿样书，他一定亲自送到我的手里，对我改造和学习的关怀岂可数尽！我把《江门文艺》放在书桌上，对丁监区长说："监区长，您先坐，我给你泡茶。"

丁监区长笑着说："不坐了，等一下我就走。"我望着窗外的柳絮越飞越浓，几声亲切的鸽哨感染着我的心灵，谁又有喜讯了？丁监区长拍拍我的肩膀说："江飞，你和伊梦是怎样认识的？"

听到女友的名字，我喜出望外，一个像《天仙配》一样的美丽爱情故事甜蜜我的内心。我理直气壮地回答："我们都是《江门文艺》的业余作者，她读了我的诗《思念》深受感动，我们就开始通信了。"丁监区长怀疑地说："哦，你可以把那首《思念》，让我欣赏一下吗？""可以！"我从抽屉里抱出一个纸盒，上面写着"刊稿集、荣誉证书"。在一个塑料包装袋里找到《江门文艺》381期，熟练地翻开第47页，手指着那首《思念》，恭敬地递给丁监区长。

丁监区长笑容里有了希冀，坐在椅子上，细致地品读《思念》。这时，我又想起远在江门的打工妹伊梦写给我的第一封信："收到我的来信应该习以为常吧！或许我是平凡最平凡，普通中最普通的一个吧。从小就热爱文学的我，对文学有种特别的情愫，夜深人静，时常以书为伴。今天的心情异常躁动，随手拿起《江门文艺》，目光落在《思念》这篇诗歌上，看后不禁泪湿双脸，'迎面而来的风，轻轻拂落一片花瓣，从忏悔的泪中，映出我心底的忧伤'。让我冰封已久的心刹那间决堤，不知是因为不够坚强，还是触痛了心底那根最脆弱的弦。读完你的诗歌，内心涌起一股强烈的冲动，那就是要给你写信，想认识你，不知你是否会接受我这颗渴望交友的心……"

"写得好，写得好！"丁监区长竖着拇指说，他站直了身子，从裤袋里摸出一封信说："江飞，这是梦伊写给你的信，看完后尽快回信，回头我安排教育管教，批准你每月与伊梦通电话一次。"我激动地接过信说："谢谢，谢谢监区长。"

丁监区长看了看表，又嘱咐我几句，就大步走出教研室。此时，狱园阳光灿烂，飘舞的柳絮化作绽放五彩的礼花，他高大的形象，升华了我内心的一支赞歌：大漠警官，人类灵魂的特殊园丁，你们用圣洁的教诲指引囚子光明前途，你们穿着黑色的制服，银色的警徽闪耀光芒，闪着启明的晨曦，开垦出荒漠道道田垄，播下善良完美的心灵，用美德催新生扬帆，是你们告诉我，风风雨雨更有人生新篇。

丁监区长走过二道铁门，又朝我回望了一望，充满期待，那银色的警徽闪烁着万道霞光，化作一只爱情信鸽降临在我身旁。我兴奋地打开伊梦的来信："江飞，见信如见友人，天天好心情！人只有男人和女人之分，而没有高低、贵贱之分，不管你今天是什么样的身份，是一个什么样的人，是因何而入狱服刑的，对我来说都不重要，再绝望无情凶残的人，内心也有一个大大的'爱'字，因为人本是向善的。谢谢你的回信和坦诚，能认识你，和你交友真的好意外，也许这就是所谓的缘分吧！让两个陌生的人相爱很容易，但让相爱的两个人形同陌路却千辛万难！不知是否还记得我的电话，1328……"

泪水啊，泪水模糊了我的眼睛。此时，我感慨万千，转监 11 年的改造历程，前前后后的事情又浮现眼前。

死刑犯转监后

火车嘶鸣，警车呼啸。1996 年 6 月，我们从广州转监到某监狱一监区。当晚我们吃了一顿香喷喷的大米饭，豆腐炖羊肉和葫芦瓜炒肉，饭后有甜津津的哈密瓜，飘香解暑的西瓜，这里有人间温情，西北的瓜果香，迷途的灵魂能否在这里新生成长？

在 8 号监，干净的铁皮双层床上铺着雪白的床单，软和的被窝儿吸引着长途旅行的睡意。鼾声四起，别人已进入梦乡。夜深了，墙外的风在呼啸，是从沙漠里传来的，放荡、粗犷，时而有沙石敲打窗户的轻鸣。我辗转难眠，死缓，法律给我留条活路，漫长刑期何时有归期，一颗复杂的心迭起迭落。久久地，我进入了梦乡，梦之神穿着白色长裙，双唇涂满鲜红的笑语，像昔日的女友向我深情召唤。梦之神站在记忆的路口，一挥手，我毫不犹豫地爬上了一列不知驶向何方的"火车"，我却心悸了，这究竟是"戏"的尾声还是开幕？

脱逃心理的形成

朝阳如血，染红了高墙和电网，仰望广袤的蓝天，鸟儿自由的飞翔。呜呼！监区对罪犯的管理严字当头，上厕所也要"三人行"，我心里堵得慌。今非昔比，虎落平阳被犬欺，老子在家坐车不给钱，上歌舞厅蹦迪老板不收钱，哪门规矩，拉屎撒尿还要两个人监督。管得严只是其一，劳动关是我在改造中最畏惧的。在棉花地里拔草，阳光如火，汗流如雨，腰酸腿痛，芦苇如剑，在我细嫩的手掌上画出血淋淋的地图，伤口被早晨的露水噬咬，钻心的痛。不行，刑期还没完没了，肯定不能活着出去，我得尽早想个脱身之计。可是人地生疏，前面是茫茫戈壁滩和沙漠，后面是一片无际的荒漠和原始森林，往哪个方向跑呀？

脱逃像一个奇妙的神窟，让心里多了一抹暗影。每天收工后回到 8 号监，有了心思的我坐立不安，忧心忡忡，夜间梦幻连连，我的梦里总是城市、街道、村口和美好的自由生活。

棉花如雪的那个星期天，育新学校哨声嘹亮："初中班学员生上课！""对呀！我怎么没想到呢？育新学校的图书室里肯定有地图。地图里的自由路一定很近。"真是山重水复疑无路，柳暗花明又一村。茅塞顿开的我高兴得手舞足蹈，哈哈大笑。晚上，200 余名服刑人员集中在操场看电视，只有教研室亮了电灯，我一路盘算着走过："报告！""进来！"电灯下，文化教员常老师正在批改作业，他戴一副近视眼，身体稍胖，待人却和蔼。沉默片刻，我问："常老师，能借一张地图吗？"常老师摘下眼镜，眼光闪了闪，笑说："好的，好的，只是现在不行，明天我帮你在图书室仔细找找。"我惊喜地说："谢谢常老师，我们明天见。""明天见！"

聪明反被聪明误

第二天晚上，我与常老师一起走出8号监，我一路异想天开，戴眼镜的知识分子其实也糊涂——你为我的"自由生活"准备了一匹千里马，哈哈！可是，常老师没有带我去图书馆，在教研室门口立定："报告！""进来！"

在教研室，两名警官威严地坐在书桌两边，4只凛然如电的眼睛，穿透了我的肉体，突来的寒冷惊悸着我的思想，我被出卖了。满腔愁绪才下眉头，却上了心头。常老师仍然笑着说："江飞学员，这位是监区罗教导员，这位是杨副教导员，他们给你送地图来了"。讲完转身走出教研室，一场心理战开始了。

罗教导员换了笑脸说："江飞，今天拾了多少花？累了吧，来，吃碗拉面。"

顺着罗教导员的手势，我才发现书桌上摆着一大碗拉面，上面有一层红辣子和瘦肉块，我咕噜咽了一把口水，刚想答应。心里突然想到：不对，电影里演过国民党特务为了让被捕的共产党员说真话，常在饭菜里下了美国中央情报局提供的"KCW"药丸，可以控制人的思想，产生幻觉，意志薄弱者主动交代隐瞒的问题，或出卖同志。现代警察破案能力那么强，比国民党特务的智慧强百倍，这，这我不能吃，一个死缓犯承认自己有脱逃行为，肯定枪毙！我于是回答："教导员，今天拾花 15 公斤，刚吃饭，肚子饱着呢！"随后摸一下鼓气的肚子。

杨副教导员插话说："江飞，你找地图干什么？"我不慌不忙地熟背着昨夜编好的谎言说："教导员，我想把地图寄回家，哥哥前次来信说，下个月来监狱探视我，我怕家人迷路，信还在包里呢……"

这次夜谈后，教导员、管教、分监区长不定期找我谈话，开导我只要认罪服法，好好改造，判死刑缓期二年执行的罪犯照样有走向新生的机会，还讲了罪犯接受改造的事例，让我紊乱的心，一次次沐浴着改造政策的阳光雨露和警官的关怀。事实上，监狱里虽然物质生活艰苦，但在这片净土上，言传身教，充满关爱，精诚所至，金石为开，我从思想上开始急转弯，脱逃心理渐渐熄灭，沿着警官指引的阳光大道，改造的车轮转动了，经常写一些豆腐块文章，寻找人生的价值和闪光点。新生从这里起步，改造从这里开始。

《新生报》撑起一片蓝天

1997 年 6 月 6 日，夏炎如火，警车里走出一个高个子警官，有一双像英国福尔摩斯一样有神的眼睛，高鼻梁上架一副眼镜，他就是监狱管教科王科长，他与服刑人员交谈，和蔼可亲，平易近人，没有一点官架子。他熟知江飞的犯罪史和基本情况：湖南洞口县人，21 岁，伙同他人在洗村商业街抢劫，致 1 人死亡，1 人轻伤，由于是从犯，法院酌情判处死刑，缓期二年执行。从犯罪倾向上分析，该罪犯胆大，易走捷径，有很强的冒险性。为了挽救一个死刑犯，纠正我寻找地图伺机脱逃的错误思想，王科长与我进行 26 次促膝谈心和感化，循环诱导，只盼铁树开花，枯树逢春发新芽。

忘不了那一天，王科长谈起我白发苍苍年近 70 岁的母亲，日夜盼着我好好改造，早日回家，一语惊醒梦中人啊！怎能忘记，母亲！怎能忘记母亲在坪石监狱第一次探监的千叮咛，万嘱咐，母亲用那双布满老茧的手拉着我说："儿啊，不要胡思乱想，听政府干部的话，好好改造，母亲等你回来。"是呀，母亲日夜牵挂着我，警官的话震撼着我的心灵。

有一次，王科长走进 8 号监，兴奋地对我说："江飞，《新生报》刊稿了。"我接过那张《新生报》在第四版看到我写的散文《妈妈手搓的红茶》，小声朗读起来：春天来了，妈妈寄来了第2袋故乡的红茶，打开塑料袋，清香扑鼻，这是妈妈亲手搓的红茶，上面有着2年来一样的叮咛——"儿啊，这是妈妈亲手搓的红茶，喝了它，你会想起故乡的红茶坡，赶走夏天的炎热；喝了它，陶冶红茶一样平静的性格，希望你重新做人，早日回到故乡"……读完全文，如品一杯红茶，芬芳充满肺腑，感受亲人的温馨，浓浓真情，心平气和，我望着蓝天，蓝天是这般的明净深远；我望着太阳，太阳是那样耀眼温暖。

1997年底，根据我的表现和写作特长，监区让我担任文化教员，这是改造路上的转折点，是监区警官对我的信任和一次严峻的考验。"认罪服法，安心改造，脱胎换骨"渐渐溶入我的肌体和灵魂，我从不认为自己比别人优越，干什么工作以身作则，严于律己，一门心思扎在学习和教学工作中，为了把湘音改作标准的普通话，我从拼音开始，加强素质补习，认真阅读改造、法律、文学等书籍，坚持日练千字。一段时间下来，我的文化水平和知识面得到很大的提高和拓展。1998年底，在监狱文化班统考中，我教的高小语文，学员人均成绩89.5分，名列5个监区第一，从那以后，我成为监狱宣传服刑改造的典型。

1999年5月10日，我被减为有期徒刑18年，党的政策在我身上兑现了。这年6月，我报名参加了监狱组织的初级农艺工函授学习班，以技术业务理论成绩95分，实际操作技能成绩92分，获得中专毕业证书。年底，监区又安排我主管广播、黑板报、墙报、横幅等宣传工作，为我练习美术字、绘画、毛笔书法创造了平台，通过 3 年的勤学苦练后，我写的黑板报蓬勃生机。2002 年 11 月 8 日，我创作以"展现新成就迎接十六大"为主题的黑板报，图文并茂，荣获比赛第一名。2003 年 7 月 1 日，"庆祝中国共产党成立 82 周年"的主题黑板报荣获比赛第二名，"振兴团场经济"毛笔书法获二等奖……这些荣誉成为鞭策我改造的动力，更加珍惜狱中学习机会，为刑满后的就业谋生做好准备。

情越高墙

2005 年 2 月，监狱将我调到三监区改造，担任初三语文、代数授课任务，兼通讯报道联络员。王副政委曾深情地对我说："江飞，你要发挥自己的写作特长，带动三监区的文化教员和通讯员积极写稿，力争多产生几名优秀通讯员。"在我的写作道路上，有炽热的追求和拼搏，我知道，在我身后有一双双充满祈盼的眼睛，在深情地注视着我，给予我无穷无尽的力量，并时刻鞭策着我向上。如果说这两年多是我创作诗歌、散文的高峰期，我永远记住张教导员、魏教育管教和苏管教对我无微不至的关怀，热心为我找来诗集、诗刊、散文等文学书籍，鼓励我以一个优秀通讯员的标准严格要求自己，戒骄戒躁，鼓励我通过写作净化灵魂，陶冶情操，要勤学勤写，随时记下灵感的火花，不仅要在《新生报》刊稿，而且要力争在社会上的杂志报纸上发表文章，扩大监狱改造工作的影响力。他们还给我写作提供一个安静的环境，我永远记住这间教研室———一间36平方米，四墙雪白的房间，冬暖夏凉，南北墙设两个大窗，室内光线明亮，两张书桌和一个多层大书架，书架上摆满了各类文学书籍，诗歌散文、世界文学等，书架旁有一个报架，有《兵团日报》《法制日报》《新生报》《中国青年报》。前窗视线开阔，有高大的杨柳、花池、静心亭、育新亭、假山、仙鹤展翅浮雕，篮球场尽在眼底，一窗风景可览一年四季的变化，一片阳光、一阵风、一声鸟唱都富有灵感，为我在省内外报纸杂志上发表作品，和争取获奖提供了有利的写作条件。

爱，为我导航，我只有用手中的笔，用勤奋的行动和变成铅字的文章才能回报监狱警官的挽救教育之情。2005年度我在兵团《新生报》刊稿9篇，被评为《新生报》2005年度优秀通讯员，作品《雨洗的心境》荣获大墙特刊全国监狱散文竞赛二等奖。在年底，监狱呈报农三师中级人民法院给予我减刑2年的奖励。

2006年是我在狱中诗歌创作的最高峰期，写完诗集《盼望新生的语言》200首：高墙挡不住阳光，挡不住亲情、友情、爱情的召唤，其中76行1000余字的诗歌《母亲的情怀》入选《"献给母亲"当代优秀诗人诗选》。同时，我积极修改其他通讯员的外发稿，鼓励他们积极写稿，这年监区在《新生报》刊稿33篇，创出历年最好的成绩，监区给予我记功7次。

谁又会相信呢？2006 年 10 月刊在《江门文艺》381 期 47 页诗歌《思念》，引发了江门打工妹伊梦和我的一场火热恋情，使我感受到文学创作和早日回归社会的美好前景。至今，我虽然只在《江门文艺》发表了 8 篇文章，但我却听到了来自社会上的亲情、友情、爱情的呼唤。当《江门文艺》的编辑老师得知我正在塔克拉玛干沙漠边缘的监狱服刑，非但没有歧视我，主编郭卫东、编辑老师鄢文江、宋世安、谢荔翔等多次来信指导我，帮助我，鼓励我多学多进步，早日走出监狱，踏上理想的人生新天地。有位姓方的女大学生读了我刊在《江门文艺》383 期 37 页诗歌《山里妹妹》后深受感动，她写信告诉我，她愿意做我的"山里妹妹，"希望我继续努力，写出更多更好的文章。是啊，他们不是亲人胜似亲人，一句句水般善良的呼唤，让我心灵解放，信心倍增。与高墙电网相伴，大漠雄风吹醒了我囹圄的青春，罪错的过去被岁月过滤成悲伤，铸成另一种人生界碑，当我走进文学的领域，让美丽的诗篇从新生的热土上走向社会，我与故乡的距离越来越近。转眼已逝去了 12 个春秋，一路改造的风尘，迎着黎明的朝阳和沙土地走来，身后留下深深地足迹和长长的思索。日前，我共获得 18 次改造积极分子的光荣称号，先后减刑 5 次共 64 个月。在剩余的 2 年改造和今后的人生道路上，我不会忘记监狱警官、社会友人的教诲，当《盼望新生的语言》一书问世后，希望广大社会青少年读后有所启迪，走好人生路。

　　今天在远方的江门，一朵含苞待放的爱情花儿，催我风雨兼程，日夜放歌，她像雪水一样洗涤我的灵魂，像《江门文艺》牵着诗歌与爱情，让我呼吸着新生活的清新气息。

　　（原载于《江门文艺》2007年10月总第404期28—31页）

　　本文以《从死刑犯到诗人》为标题，发表在西域绿洲丛书《太阳无声》上册第38至43页；标题《从死刑犯到优秀诗人》发表在《职工法律天地》，本次入编本书时略有改动。

名誉权风波和玫瑰之约

　　我和女友伊梦，确切地说，应该是笔友，因为她读了我刊在《江门文艺》总第 381 期 47 页的诗歌《思念》，感动得流下了眼泪。通信的理由就这么简单，往来的信件多了，彼此爱恋起来。

　　女友的故乡不在江门，她是来自河南的打工妹。一封封的来信，倾诉着一个打工妹坚强的人生：高一那年，父亲和哥哥先后去世，母亲远走他乡，两个妹妹是她最亲的人。在失去亲人的日子里，她不得不停学在家务农，承担着两个妹妹的学习与生活，种田、喂猪、砍柴、做饭、补衣，掩埋了花季般的年华。如今，大妹已成为人妻人母，二妹就读北京某音乐学院。她只是一个普通的打工妹，有时是餐厅服务员，有时是商场收银员，虽然很辛苦，却在苦涩的人生里学会了坚强，积累了用之不尽的财富，她已自学完成了大学成人函授学习和考试，获得大学文凭。我读过她刊在《江门文艺》百花园栏目里的散文，吟古说今，语言优美洗练，审美意识独特，引人深思，感悟良多。因为都是《江门文艺》的长期读者，爱好写作，在文学的百花园里喜逢知音，她没有歧视我是一个正在监狱服刑的囚犯，写信鼓励我说："爱情和人生一样，先苦后甜，我相信你，只要努力改造，重新做人，大墙外有一个深爱你的姑娘在等着你。"不久，我们坠入了爱河！可是在文学的领域里，光明的爱情背后波澜起伏。

弹唱生命的琴弦

秋天里有雪，那是诗人的狂想和赞美。有些人喜爱千年胡杨和荒漠红柳，有些人喜爱大漠骆驼和盘旋的雄鹰，我赞美万顷棉田万里银的壮美。这就是我在南疆兵团监狱服刑11年品出的人生滋味，一个青春流畅的写作者，总以感动人心的文章迎来一片热烈的掌声，佳人才子有了亮丽的爱情风景。

早上，我站在教研室窗前，迎来日出，送走了棉田拾花的队伍，狱园渐渐沉静，想飞翔的心灵没有找到新鲜的灵感，望着湛蓝的天空，高翔的鹰，掠过的雀，只是陈旧的文字，找不出新意。望着花圃，那些菊花因为缺水而枯萎。中秋将至，飞翔的心灵在万里远的祖屋，70岁的母亲，被思念染白的银发，祈盼的双眼，被泪水笼罩了昔日光彩，我感恩的牵挂是一首诗，是一篇精美而又曲折沧桑的散文。

一段皮鞋的咔嚓声，切断了我的想象，李管教走近我的视线，进门后递给我一本崭新的《江门文艺》，总第404期，封面上最显眼的一排大字"死刑犯诗人的生活和爱情"。我欣喜地说："李管教，我的作品又发表了？""嗯，写得很好，我读后很感动，你的写作水平又进步了。"

中秋节那天，我与母亲通完电话后，又接通了宋编辑的热线，互祝中秋快乐后，宋老师告诉我："江飞，作品《死刑犯诗人的生活和爱情》发表以来读者反响很好，希望你继续努力，把更好的作品寄给编辑部。"放下电话，我内心的甜蜜浸淫着我全身，所有淡淡的忧伤都已经隐藏在山谷里。

名誉权风波

星期天，我收到了女友伊梦的信。展开信笺前，有一个甜蜜的猜想，她一定读了我的《死刑犯诗人的生活和爱情》，也许是一连串的赞美，也许多了几句爱你想你的棱角。但当我读完信的内容，却大吃一惊！

江飞，你好，读了《江门文艺》总第404期你的作品《死刑犯诗人的生活和爱情》，真的，我感动得流了一夜的眼泪，很想立即见到你。第二天早上，在上班的路上我冷静思考后，责怪自己是不是太掉价了，因为你侵犯了我的名誉权，我还没有答应做你的妻子，写给你的信，对你个人而言是公开的，对别人来说，那是我的隐私，而你不经我允许，在一篇文章里公开我写给你的两封信，你太让我失望了。

一封信，惊醒梦中人。其实，在监狱里炼魂十几年，我已学法懂法，不经女友同意，公开她写给我的信，侵犯了她的隐私权，即名誉权，真是明白人又做糊涂事。

怎样给女友下台阶

在平息这场名誉权的风波里，一封回信让我反复思考了9天，写了修改，再修改，总觉得不满意，那种苦恼总在我的思想里翻江倒海，挥之不去。

又是一个阳光灿烂的日子，白兰鸽在狱园往复飞翔，好像在牵动我的心灵。刚吃完午饭，我收到《江门文艺》谢编辑的来信，原件内容：

江飞作者，你好！

《死刑犯诗人的生活和爱情》一文感动了许多读者，也感动了我，经过这十几年洗礼，你洗脱了鲁莽的个性，日秦成熟稳重，我相信在今后的人生道路上你会走得踏实稳健，相信你的明天会更好！你的作品已拜读，我从中挑选了两篇《柿子山》《秋天回乡脚步匆匆》较好的留用，但并不是说退回给你的就存在不足，作品写得还算可以，只是本刊《百花园》栏目的版面非常紧张。附上两个刊物的地址，你不妨试试吧。

编辑

　　读完信，我感动得热泪盈眶，更加感谢《江门文艺》的编辑老师们5年来对我无微不至的关怀，鼓励我永远不要放弃心中的爱，持之以恒攀登文学的高峰。久久地，我找到了给女友的回信答案，文学的魅力一定会感动远方那个善良的姑娘。第二天，我把谢荔翔老师的信笺原件寄给了伊梦，并附上我的创作成绩：2007年在《江门文艺》刊稿5篇，在《叶尔羌报》刊稿4篇，《绿风》诗刊2篇，兵团新生报刊稿20篇，两年改造记功12次，监狱已为我申报减刑2年的奖励。

玫瑰之约

　　元旦前后，一个希望总萦绕在我心头，期待早日收到女友伊梦的回信，以求她的谅解。18日，我等来了伊梦的回信，急切展开信笺，熟悉的字迹明亮了我的眼睛。

　　想念的江飞，元旦前回了一趟家，你寄来的新年贺卡和谢荔翔编辑老师对你的鼓励信，知道你去年的写作成绩和改造成绩，都让我很感动。爱上你，是因为你能写出那么多让人读后流泪的文章，连全国打工文学发行量最大的《江门文艺》也已经不能满足你的梦想了。我也是刊物的业余作者，你是我一生中遇到的坚强，最有前途的青年作者和诗人，我可以原谅你的过去，但还是不能原谅你那次的莽撞，我必须与你签订两年合约：第一，在你剩余的两年服刑期间，给你100分的爱情加减分，在《江门文艺》刊稿1篇加5分，其他变成铅字的文章只能加2分，在24个月里，一个月未收到你的喜讯减1分，合约期满你得了100分，届时我们在江门见面；第二，当你向我求婚时，必须用你的稿费为我捧上100枝玫瑰花，邀请《江门文艺》全体编辑老师到场作证婚人。

读完全信，我仿佛听到了巴楚叶尔羌河水的歌唱，仿佛听到了来自远方的呼唤！在来来往往的人潮里，在730个日夜里，我把我们的约定和思念定格成一次爱情新生，女友已在我的心窝里种下了100株玫瑰，我用汗水浇灌它们成长，我用永恒的真爱滋润他们早日开花。

呵，人生间的真爱如此之美。

（原载于《江门文艺》2008年11月总第430期第56至57页）

风流绿洲

一支"绿洲人"的歌（外二篇）

红柳叶黄了，叶尔羌河畔的秋天就这样来了。秋风飒飒，在我心窗前低回，激情的柳叶沙沙沙地走动，轻轻叩击我思想的门扉。

深夜很静，静得让我听见棉桃绽放的声音。月光皎洁，把清辉洒向绿洲，新生活的渴望在呼唤！夜风轻轻，频频传来果熟的芳香，沁人肺腑，促人思索。夜莺疲倦地睡去，清真寺阿訇的晨祷引起绿洲的涛声，晨鸟歌唱，露水清亮我的眼睛，鱼肚色的天空，早霞是我最真诚的祝福！拾秋的人们踩响丰收的曲子。昨夜辗转难眠的诗稿，瞬间变成华美的乐章。

随着阳光的写意，叶尔羌河畔热闹起来了，鸟儿飞向绿洲，羊咩牛哞相和，一匹小马驹奔跑轻盈如风，牧民踏歌而行，人们的生活哟，富足又美好！穿着时装上班的维吾尔姑娘，背着书包上学的小巴郎，扛着砍土曼下地的农民，三三两两、三五成群，追求着自己的希望。

秋天里有雪

秋天里有雪，那是诗人的狂想和赞美。

有些人喜爱千年胡杨和荒漠红柳，有些人喜爱大漠骆驼和盘旋的雄鹰，我赞美万顷棉田万里银的壮美。在叶尔羌河畔，一块块荒原苏醒了，一座座绿洲复活了，一条震古烁今的丝绸之路，被兵团人改造成绿色的走廊。沙雨埋葬古城的古训变成兵团人征服荒原和沙漠的誓言。今天的叶尔羌河畔没有江南气候的风雨和畅，却有雪水生生不息的血脉，挖渠、引水、种粮、种棉、发展，维系着祖国边疆的安宁，营造着人们的小康生活；自力更生，艰苦奋斗的兵团人开垦出阡陌纵横，良田万万顷，绿洲无疆。一方绿洲孕育着一个个丰收的季节，完成一个梦想，实现一个宏图；一座座新城连结柏油路上的汽车喇叭和团场的公交车，合唱兵团人的骄傲和自豪。

当你渴望见到《风流绿洲》中的那片秋色，请你走向旷野，棉花遍地开，一望无际银波荡漾，汗水芳香，焕发丰收的色彩。有人把广袤万里的洁棉花开比喻银色的海洋，有人把它写成雪花般的喻象，有人想象它是兵团人小康生活的幸福源泉，有人把它升华为人类改造荒漠的一种精神……

啊，秋天里有雪，那是诗人的狂想和赞美。

酸涩的石榴

花朵盛开的春天使人欣赏，瓜果遍地的秋天更加惹人喜爱。

叶尔羌河畔的秋天，瓜果飘香，多民族的风情诉说着一个个风花雪月的故事。维吾尔人待客的美食八九不离香梨和哈密瓜，甜津的味道，让乐道的记者有了摄影镜头，让赞美的文人有了采写的灵感。维吾尔农家门前红艳艳的石榴让人生馋，摘在手里乐在其中，放进嘴里酸涩在心里。朋友，石榴不过三秋不算熟。

走出农家，从窗口飞出的鸽群为你送行，雪山的翅膀下系满多愁善感的回忆，万里湖南故乡牵动我 10 年的思念，想起母亲思儿的白发，想起侄儿外甥成长的语言，想起洞口县建设乡村水泥公路的蓝图，想起我行吟绿洲 10 年的诗篇……

一只信鸽载不动千百回思念，在阳光下撑开一把记忆的伞，亲切的乡音乡情感恩十年坚强吟唱，醒着的乡思，像未熟的石榴一样酸涩。

（原载于《图木舒克晨读》总第 2240 期第四版）

永安坝水库

　　早听说永安坝水库很美，水域辽阔，风景秀丽。星期一，监狱教育科派专车送我们到永安坝水库采风，途经图木舒克镇古遗址，一脉石山气势峥嵘，山边有座残破的石城，据史料记载，这是西域三十六国中的尉头国，唐朝时叫"握瑟德"，故称"唐王城"。

　　再往前行十几里，呈现一片开阔地，司机说："永安坝水库到了。"站在水库边，平静的湖面像一条碧绿的翡翠带子，映出蓝天白云，戈壁绿洲，花草树木，还有我们的倒影。对岸的浅水里长满葱翠的芦苇，一群牛吃得正欢，几只野鸭在芦苇旁徘徊，激起道道涟漪，在阳光里闪烁着迷人的光圈。南疆夏天的太阳火辣辣的，晒软了柏油马路，晒热了旷野的风，晒红了行人的脸，唯有永安水库边，吹着凉爽的戈壁风，绿洲的美和舒适在这里忽然低下了头，习习的凉风吹在面上、手上、身上，感受一缕缕新凉，身子顿然轻了。

北行两里，我们听到了机动船的启动声，一会儿，看到一个管理水库的工作人员正在水里捕鱼，一张大网撒落水里，5分钟起一次网，被网住的鱼，有草鱼、鲤鱼等。活蹦乱跳的，工作人员抓着一条条大鱼，脸上露出灿烂的笑容。5次撒网5次收网后，船已靠岸，交谈时得知，永安水库一年产鱼10万多斤，有几十个鱼种，味道鲜美。

巴楚夏日的暑气像蒸笼，而永安坝的水凉凉的，任人来人往，欢快地走过，水里亮出几朵白云，像美丽的贝壳，太阳射着渺渺灵辉，水面的光亮炫人眼目，引诱游客依恋之情。走进永安坝水库的第八个弯道里，呈现一片绿洲，柳树、白杨、胡杨、红柳相映成趣，林暗处传来羊咩牛哞，心灵里增添许多幻想。

当我们站在永安坝水库岸上的戈壁高处凝神眺望，在我的心里升华了一种情思，那是自力更生，艰苦创业的兵团精神，生生不息的天山和昆仑山雪水融入了我的血液。水滋润着新城和西部大开发的宏伟蓝图，滋润着兵团人民的美丽家园和幸福生活。

（原载于《图木舒克晨读》总第 2276 期第四版）